官商鬥法
之10
圖窮匕現
姜遠方 著

目錄 CONTENTS

第一章

蛇蠍女人

這可是一顆隨時都會爆炸的炸彈，一旦炸開，自己將粉身碎骨。
這可怎麼辦呢？再有，劉康在裏面究竟扮演了怎樣一個角色？
他為什麼給自己安排一個這麼蛇蠍心腸的女人？
是不是他想設計自己，讓自己聽他指揮？

北京，吳雯和趙婷正在咖啡廳喝咖啡，她們剛剛逛完了時裝店，就在附近找了一家咖啡屋歇腳。

這段時間，趙婷和吳雯已經是很熟悉的朋友了，兩人都沒有工作，三不五時的就會相約一起逛街。女人好像天生逛街逛不夠似的，因此兩人很有共同語言，相處愉快。

吳雯笑說：「小婷，你剛才給傅華買的衣服真是很配他，相信他穿起來一定很瀟灑。」

趙婷呵呵笑了起來，說：「那當然，我老公本就長得帥，再配上我買的衣服，肯定會迷死一大片女人的。」

吳雯看趙婷提起傅華那副甜蜜幸福的樣子，心中難免刺痛了一下，不過她也知道自己跟傅華是沒有機會了，心中也希望傅華能夠和趙婷幸福美滿，因此這一絲不舒服的感覺很快就過去了。

吳雯伸手點了一下趙婷的額頭，取笑說：「不害羞，把自己老公誇成一朵花一樣。」

趙婷笑說：「本來就是嘛，我還謙虛了呢。」

吳雯聽了，笑說：「你這傢伙，這樣還謙虛？都吹上天了。」

趙婷開玩笑說：「我才沒吹牛呢，我老公就是帥嘛。我可注意到了，好幾次我都看到你在偷瞄我老公，是不是你也在偷著喜歡他啊？」

確實，趙婷有幾次帶傅華跟吳雯一起吃飯，吳雯都趁自己不注意偷眼去看傅華，趙婷心中就有些懷疑吳雯喜歡傅華。不過，傅華似乎對吳雯並沒有什麼特別的舉動，看得出來他只是把她當普通朋友，因此趙婷並沒有什麼嫉妒的感覺，反而覺得這麼漂亮的一個美女也喜歡自己的老公，說明她挑老公很有眼光，心中十分高興。

吳雯被說中了心事，臉騰地一下紅了，幸好這時她的手機響了起來，她借著接手機的空檔，將自己的失態掩飾了過去。

電話是劉康打來的，吳雯心情一下子變壞了，她猶豫了一下，還是接通了。

劉康笑著說：「小雯啊，在幹什麼呢？」

吳雯回說：「我跟朋友在逛街呢，有什麼事嗎？」

劉康說：「小雯啊，你在北京的時間也不短了，海川這邊還有很多事情需要你辦呢，你是不是趕緊回來啊？」

吳雯說：「我不是跟您說過了嗎？我不想回海川了。」

劉康耐著性子說：「可是徐正堅持要你回來，你就當幫我一個忙，回來一趟好不好，只要你回來，很多事情都可以商量的。」

一聽到是徐正要她回去，吳雯心中越發煩躁，她很多話不方便在趙婷面前說，便說：「我現在跟朋友在逛街，回頭我再打給你吧。」

說完，沒等劉康反應過來，就掛了手機。

趙婷看吳雯接了電話後，臉色就一下子沉了下去，關切的問：「怎麼了？誰的電話？」

吳雯心煩地說：「一個朋友，想要我回海川去，煩死人啦。」

趙婷勸說：「那就別管他了，我們喝完咖啡繼續逛街，好不好？」

吳雯卻整個情緒都壞了，說：「今天我們逛的時間也不短了，我有些累了，我想先回去了。」

趙婷雖然意猶未盡，可是看吳雯臉色實在很差，只好點點頭，說：「好吧，你早點回去休息吧。」

兩人買了單，吳雯就回去了。趙婷看看時間尚早，就去了駐京辦傅華的辦公室。

傅華見到趙婷，問說：「怎麼就你一個人啊，不是說要跟吳雯一起逛街的嗎？吳雯呢？」

趙婷看了看傅華，笑著說：「怎麼，沒見到吳雯很失望嗎？」

傅華笑說：「什麼失望啊，你瞎說什麼，她就是一個朋友而已。」

傅華表現得很自然，趙婷也就沒在這件事情上糾纏，說：「本來我們逛得好好的，可是在喝咖啡的時候，吳雯接了一個電話，整個人就神情大變，再也提不起情緒跟我逛街了，就先回去了。」

傅華愣了一下，便問：「什麼電話啊？」

趙婷說：「吳雯說，是她海川的一個朋友，打電話來想要她回海川。」

傅華馬上就明白這個電話肯定是劉康或者徐正打來的，他們還是不肯放過吳雯啊。

想到這個，傅華不禁爲吳雯擔心起來，吳雯可不是劉康這樣狠角色的對手，她怕是無法應付眼前這種局面的。

趙婷吃完午飯離開後，傅華趕忙給吳雯打了電話。

吳雯接到傅華的電話有些意外，「傅華，找我有什麼事嗎？」

傅華說：「我聽趙婷說，有人打電話叫你回海川，是不是劉康啊？」

吳雯無奈地說：「是啊，他說徐正要我回去。」

傅華說：「那你準備怎麼辦？」

「我好不容易從徐正那裏脫離出來，當然是再也不想受那種屈辱了。」吳雯說。

傅華說：「我打電話給你就是這個意思，不要再屈從於劉康和徐正了，你也是一個成熟的人，有自己的思想，不能再做這種沒有人格的事了。」

吳雯笑說：「傅華，你這是關心我嗎？」

傅華說：「是啊，作爲朋友，我很擔心你，劉康那裏你能應付得過來嗎？」

吳雯動情地說：「有你這句關心的話，我就有勇氣面對這一切了。你放心，我也不是小孩子，如何應對我心中有數。」

傅華心中卻沒有什麼底氣，便說：「你還是小心些爲妙，劉康的手段你是知道的，小心他對你不利。」

「你放心吧，我跟劉康之間多少還是有些情分在，他不會對我怎麼樣的，再說，我也早有應對之策，應該沒問題的。」

「不管怎麼樣，小心爲上，有什麼我能夠幫忙，儘管說一聲，我在北京還是有些朋友的。」

吳雯笑了笑說：「傅華，你有這個心我就很感激了，你應該也知道，要對付劉康，你那些朋友是沒用的。」

傅華說：「這倒也是，那你自己小心些吧。」

傅華就掛了電話。吳雯想了一會兒，逃避不是辦法，她決定跟劉康講清楚，於是撥通了劉康的電話。

劉康接通了：「小雯啊，你總算打電話過來了。你什麼時候能回海川啊？」

吳雯說：「乾爹，我打電話給你是想告訴你，我不想再回徐正的身邊了。」

劉康有些急了，說：「小雯，你不能這樣對我吧？」

吳雯決絕地說：「乾爹，你也知道，我當初離開仙境夜總會是想淨身上岸的，爲了你的生意，我不得不下海去陪了徐正一段時間，我想我也算對得起您了。」

劉康著急說：「小雯，我知道你爲我做了很多，我心中也很感謝，但是現在徐正糾纏著不放，非讓我把你叫回海川來，反正你已經陪了他了，就繼續再陪他一段時間嘛，你給我一點時間處理一下，然後再離開，好嗎？」

吳雯苦笑了一下，說：「乾爹，這話你曾經說過一遍了，我上次從北京回去你就這麼說了，結果怎麼樣，徐正還不是不肯放我離開？」

劉康說：「主要是你太優秀了，徐正被你迷住了，捨不得離開。」

吳雯說：「這我就不管了，反正我已經打定主意，不會再回到徐正的身邊了。乾爹，你還是想別的辦法吧。」

見吳雯就是不肯回來，劉康有點惱火，他冷笑了一聲，說：「小雯，你不要這樣絕情，你別以爲跟傅華走得很近，他就能幫你什麼，你要知道，如果我想要動他，他自身都難保的。」

吳雯一聽，急說：「你還在監視我？你想幹什麼？」

劉康笑笑說：「我是怕你在北京有什麼閃失，就讓小田多留意了一下你的行蹤而已。」

吳雯說：「你到底想幹什麼？你想威脅我嗎？」

劉康說：「我不想幹什麼，小雯啊，我很懷念當初我們倆相互信任、相互支持的時光，那時候多好啊，可是後來這個傅華插了進來，讓很多事情都變了味了，你說，我是不是該教訓一下他啊？」

吳雯緊張的叫了起來，說：「你別胡來啊，這件事是我自己想要這麼做的，與傅華無關。」

劉康冷笑了一聲，「我可不這麼認為，本來你是主動同意去陪徐正的，我當時還很感激，還安排我們一起辦移民，想要等這個項目完成，我們就一起退出江湖。可這一切美好的計畫都在你回北京去見了傅華之後化作了泡影，你說與傅華無關，鬼才相信呢。」

吳雯是很清楚劉康的手段的，她很擔心劉康會對傅華不利，便央求說：「乾爹，你放過我吧，你相信我，是我厭倦了這一切，這件事情真的與傅華無關。」

劉康冷冷的說：「小雯啊，現在關鍵不是我放不放過你的問題，而是徐正不肯放過我，你既然把事情開了頭，那就善始善終，把徐正的事情處理完再說，否則的話，徐正如果對我不客氣，我對你們也是不會客氣的。」

吳雯說：「你的意思是，徐正只要不找你的麻煩，你就放過我們，是吧？」

劉康說：「是，我這也是迫不得已。」

吳雯說：「好，徐正那邊我去應付，我會讓他放手的，只是我要你答應我，不要對傅華動手腳。」

劉康以爲吳雯是回心轉意要回來了，便笑笑說：「小雯啊，只要你能將徐正應付過去，其他的我都能商量，傅華那邊我就更沒有必要做什麼了。」

吳雯說：「那我們就算達成一致了。」

劉康笑說：「當然是達成一致了，小雯啊，只要你能把徐正擺平，我原來的承諾還是有效的，移民還在辦理當中，到時候，我們就到國外去生活。」

吳雯諷刺說：「算了吧，我怕你將來又不知道用我去收買誰了。」

劉康尷尬的笑了笑，說：「不會的，我都跟你說要退出江湖了。」

吳雯冷笑一聲，說：「會不會只有你自己知道了。」便掛了電話。

劉康知道吳雯跟自己的心結已經形成了，不由得嘆了一口氣，他是真心想要跟吳雯移民到國外去生活的，不過眼下看情勢發展，即使將來項目完成，吳雯也不一定肯跟他去國外生活了。不過幸好吳雯答應擺平徐正，眼下這一關算是暫時可以應付過去了。

劉康就打電話給徐正，說：「徐市長，我跟吳雯通過電話了，她答應這幾天就會回來的。」

徐正高興地說：「是嗎？那太好了，這就對了嘛。」

跟徐正報告完這個消息，劉康感到一種從來沒有感覺過的疲憊，自己真是老了，以前那種得心應手的感覺沒有了，眼下這個局面差點沒能應付過來。幸好自己抓住了吳雯喜歡傅華的這個弱點，才勉強逼迫吳雯肯回來。看來這個項目做完，真是要金盆洗手了。

徐正接到吳雯電話的時候，心情愉悅不已，馬上就問：「寶貝，你終於肯露面了，什麼時候回來啊？」

吳雯冷冷的說：「徐市長，我都跟你說了，我不想再跟你在一起了，你怎麼就是不肯聽呢？兔子急了還咬人，你這麼逼我，就不怕我對你採取什麼措施嗎？」

徐正以爲吳雯願意就犯了，便笑笑說：「寶貝，我是因爲太喜歡你了，所以才讓劉康把你叫回來的。你放心，只要你回來，想要什麼我都可以辦到。」

吳雯說：「我可不是你的奴隸，不是你想怎麼對我就怎麼對我的，我也是人，也有自己的思想。我告訴你，我是絕對不會再回到你身邊的，希望你能明白這一點，不要再叫劉康來糾纏我了。」

徐正滿心以為吳雯打電話來，是想要告訴自己回來的時間，沒想到竟是這樣，吳雯是告訴他堅決不回來了，這劉康搞的什麼把戲？

徐正一方面心中惱火，另一方面也覺得傷了自尊，心說：我對你這麼好，你卻對我這麼絕情，真是婊子無情，戲子無義。

徐正冷笑了一聲，說：「吳雯，你別不識抬舉，想要跟我在一起的女人多得是，我要你是看得起你，你以為你是什麼東西啊，你不過是劉康送給我玩的一個爛女人而已。想離開我可以，等我玩膩了再說。」

吳雯聽了，笑說：「徐正，你終於暴露出自己真實的一面了，你不要以為我吳雯就一點還擊的手段都沒有，識相的，就離我遠一點，小心我讓你死都不知道怎麼死的。」

徐正也笑了，說：「吳雯，你嚇唬誰啊，你有什麼手段能還擊我啊？使出來啊。你如果有本事可以不怕劉康，也不會打這個電話給我了，信不信我讓劉康找人去北京把你帶回來啊？」

吳雯說：「徐正，你不要欺人太甚，我如果手裏一點把柄都沒有，也不敢跟你放狠話，你想想吧。」

徐正一聽緊張了起來，他和吳雯總是共同生活了一段時間，吳雯如果有心算計他，肯定會拿到一些把柄的。

徐正問道：「你手裏有什麼把柄，說出來聽聽。」

吳雯笑了笑，說：「徐正啊，你知道嗎，當初王妍偷錄孫永受賄的錄影，就是我寄給紀委的，我當初也算幫過你一把，是不是你可以就這樣放我一馬了？」

徐正心裏咯登一下，吳雯這時候提起了王妍的錄影，話裏話外的意思實際上是在提醒徐正，她手裏可能握有不利於徐正的錄影。

徐正驚問道：「你偷錄我的影像？」

吳雯冷笑一聲，說：「你說呢？」

徐正的心沉到了谷底，他知道這樣一份錄影的殺傷力，關鍵是他還不知道裏面究竟錄了些什麼，便問：「你都錄了些什麼？快還給我。」

吳雯笑笑說：「你想看錄了什麼，我可以拷貝一份給你，讓你看個仔細。」

徐正罵道：「你！你這個惡毒的女人，竟然敢如此對待我。」

吳雯冷笑著說：「徐正，這也是你逼我這麼做的，我可不是一個讓人予取予求的女人。」

徐正說：「你究竟想要什麼？你要怎麼樣才肯把錄影還給我？」

吳雯說：「我也不想從你那得到什麼，只要你離我遠一點就行了。至於錄影嗎，我不能還給你，這是我的一個安全保障，只要你和劉康不來騷擾我，我保證不會讓錄影外流的，可是，如果你們對我和我身邊的人有什麼不軌舉動，我立馬就將這份錄影寄給紀委，到時候你會是什麼下場，我相信不用我說你也很清楚。」

徐正恨恨地說：「吳雯，你真是夠狠了，我怎麼才能相信你的保證呢？」

吳雯笑笑說：「沒辦法，相信我是你唯一的選擇。」

徐正氣急了，狠狠的將電話扣掉了。

掛掉電話的徐正像熱鍋上的螞蟻一樣，在辦公室裏轉來轉去，吳雯究竟錄了些什麼？她會如何對付自己？

徐正猜想，這份錄影肯定是在他讓劉康買的那棟房子裏錄下來的，自從將幽會地點搬到了那棟房子之後，徐正的膽子大了許多，因此在那棟房子裏他很隨便，不但有很多跟吳雯親密的動作，也曾經跟吳雯聊過關於他和劉康之間交易上的一些事情，甚至還說過劉康後來貸款的事情。

這些可都是不能公諸於眾的，裏面牽涉到的犯罪事實，可能會害自己被判處重刑，尤其是新機場項目回扣數目巨大，被判處死刑的可能都有。

徐正越想越害怕，尤其是吳雯提到的王妍偷錄孫永受賄的那份錄影，想到吳雯將那份錄影保留了那麼久的時間，直到孫永可能危及自己地位的時候才寄出來，這個女人的心機可真是可怕啊！再聯想到眼下吳雯手中持有自己的錄影，這讓徐正無論如何也無法相信吳雯一定不會使用這份錄影。

這可是一顆隨時都會爆炸的炸彈，一旦炸開，自己將粉身碎骨。這可怎麼辦呢？再有，劉康在裏面究竟扮演了怎樣一個角色？他爲什麼給自己安排一個這麼蛇蠍心腸的女人？是不是他想設計自己，讓自己俯首貼耳，聽他指揮？

徐正更加心驚膽戰，這不是沒有可能，從一開始他跟劉康之間就是互鬥心機，劉康如果這麼做，徐正可是一點都不意外。

不過不應該啊，劉康現在需要依靠自己才能順利將工程完成，自己和他完全是一條繩上的螞蚱，他要求自己給他辦的事情自己都辦了，這麼設計自己一點意義都沒有。

徐正開始冷靜下來，如果劉康沒有參與設計自己，那這件事情對劉康來說也是不利的，也許可以讓劉康出馬，想辦法把這份錄影拿回來。

徐正抓起電話，打給劉康，問劉康現在在哪裡。劉康說自己在西嶺賓館，徐正說：「你趕緊過來一趟，我有急事找你。」

劉康匆忙趕了過來，一進門就見徐正陰沉著臉，便猜測可能是徐正跟吳雯之間又發生了衝突。趕緊陪笑著說：「怎麼了，是不是吳雯又出了什麼事？」

徐正看了看劉康，說：「吳雯是怎麼跟你說的？」

劉康說：「她說她會給你一個交代的，怎麼了，究竟出什麼事了？」

徐正說：「劉董，我們打交道這麼長時間了，你跟我說句實話，我們算是合作夥伴嗎？」

劉康笑笑說：「當然了，我們現在合作的不是很好嗎？我也儘量滿足你的一切要求。這樣再不算是合作夥伴，怎麼樣才能算是夥伴呢？」

徐正又說：「那如果我出了什麼事，是不是你也會受很大的牽連？」

劉康說：「那當然，我們現在在一條船上，你出了什麼事，我也不會好過的。」

徐正說：「那如果吳雯要對付我，你會幫誰？」

劉康訝異地道：「吳雯要對付你？她要怎麼對付你？」

徐正說：「你先別問那麼多，就說你會幫誰吧？」

劉康立刻說：「這還用問嗎，我們現在在一條船上，船沉了，我也是要跟著倒楣的。」

徐正說：「那好，我跟你說，現在事情麻煩了，吳雯將我和她在那棟房子裏的一舉一動都錄了下來，現在她拿這個錄影威脅我，叫我不要再去招惹她。」

劉康驚訝地叫了起來：「什麼，她竟然偷著錄影了？」

徐正冷笑著說：「當然了，她可是你培養出來的好手下。」

劉康說：「你不要這麼說，這件事情我事先並不知情，並不是我安排的。」

徐正說：「這一點我相信你，你也不會做這種可能危及自身的行為。現在的問題是，我們下面該怎麼辦？」

劉康想了想說：「吳雯這個人還是很講義氣的，我想，如果我們不再去招惹她，她應該不會將這份錄影公開的。算了，也就是一個女人，你不要再去招惹她就行了。」

徐正冷笑了一聲，說：「你捨不得去對付她是吧？可是這錄影一天不拿回來，我睡覺都睡不安穩，誰知道吳雯將來會拿它做什麼。你可想清楚了，我出事，你也跑不掉。」

劉康看了看徐正，說：「那你想我幹什麼？」

徐正說：「不是我想你幹什麼，是你必須要幹什麼，為了我們大家的安全，你必須不惜一切代價將這份錄影從吳雯那裏拿回來。」

劉康心中認為自己對吳雯總還有一點掌控力，便說：「行，我想我可以把錄影拿回來，不過，吳雯你就不要再去招惹她了，好嗎？」

徐正心中雖然不捨，可是也清楚的意識到不能再去碰這個蛇蠍美人了，便苦笑了一下，說：「現在都這個樣子了，我還敢招惹她嗎？我再招惹她豈不是自尋死路？」

劉康說：「那行，錄影我負責給你拿回來。」

「這件事情必須做到萬無一失，否則一旦錄影的內容外洩，後果不堪設想，」徐正再三交代說：「光拿回來還不行，還要確保她不會備份，不然的話拿回來也沒用。」

劉康說：「行，我想我在吳雯那裏，這點影響力還是有的。」

徐正說：「那你趕緊去處理吧，我的心一直定不下來，只有你把錄影拿回來我才能放心。」

劉康就匆忙趕回了西嶺賓館，撥通了吳雯的電話，他覺得以自己跟吳雯之間的情分，應該能說服吳雯將錄影交還給徐正。

吳雯接通了。劉康苦笑了一下，說：「小雯啊，你這麼做又是何必呢？」

吳雯心裏已經有了準備，說：「怎麼，徐正又找你了？」

劉康說：「是啊，他被你嚇壞了。」

吳雯說：「乾爹，你別怪我，我這也是爲了自保，你跟徐正說，讓他放心，只要他不來騷擾我，我不會把這份錄影公開的。」

劉康笑笑說：「小雯啊，你把事情想得太簡單了，你覺得徐正能把這份錄影留在你手裏嗎？他這種人謹慎了一輩子，這種授人以柄的事情他才不會幹呢。小雯，他已經跟我說了，不會再去騷擾你了，你給我個面子，是不是可以把錄影還給他了？」

吳雯遲疑了一下，她沒忘記劉康不久前對她的威脅，便說：「這個嗎，乾爹，我覺得還是我保管比較好，由我保管，對我自己也是個安全保障。」

吳雯經過這段時間對劉康的重新認識，感覺劉康雖然當面說得很好聽，背地裏卻是什麼事情都做得出來的一個人，尤其是劉康為了讓她回海川，竟然想要以傅華的安全來威脅她，所以她認為不能把錄影還給劉康，一旦給了他，後續還不知道劉康會做出什麼事情來呢。還是保留這份錄影，讓徐正和劉康不敢採取報復行動為上。

劉康心中十分惱火，這吳雯越來越不受控制了，不過，他並不想跟吳雯撕破臉，還是哄著她把錄影交出來才是上策，便笑了笑，說：「小雯啊，你這又是何必呢？既然徐正已經答應你了，從此你們就互不相干了，你留著這份錄影還有什麼用啊？」

吳雯笑笑說：「我是怕我把這錄影交出去之後，有人會對我和我身邊的人不利，到時候我手裏一點籌碼都沒有了，還不是得受制於人？」

劉康暗罵吳雯狡猾，這個女人現在是對自己有戒心了。

他還想感化吳雯，便說：「小雯啊，你這是在防備我啊，什麼時候你對我這麼不信任了？你放心吧，我當初說那些只是氣話，從來沒有當真的，就我們父女之間這份情誼來說，我又怎麼捨得對你不利呢？」

吳雯苦笑了一下，說：「乾爹，你拿傅華來威脅我，不就是因為當初我太信任你，把心裏喜歡傅華的秘密告訴你的結果嗎？你說現在讓我怎麼去信任你啊？」

劉康有些煩了，說：「好了，小雯，乾爹答應你，只要你把錄影交出來，我保證從此我們再無瓜葛，我再也不會找你和傅華的麻煩了。」

吳雯知道劉康這種人翻手爲雲，覆手爲雨，說：「乾爹，我可不敢相信你，不過，你也不用擔心，我向你保證，絕對不會利用這份錄影幹別的事。」

劉康一直壓著心中的怒火，就是想要哄著吳雯將錄影交出來，現在見吳雯態度堅決，就再也克制不住自己了，他叫道：「吳雯，你現在翅膀硬了是吧？你可別忘了，你能有今天，完全是我一手扶持出來的，怎麼，你認爲我沒有辦法對付你了是吧？我告訴你，我能把你拉拔起來，也能毀了你。你真的要跟我對著幹嗎？」

吳雯冷笑一聲，說：「本相露出來了吧？我就知道你不會這麼容易放過我。你說變臉就變臉，讓我怎麼相信你啊？我已經跟你保證了，我不會拿這份錄影做別的用處，你還想要我怎麼樣？真要是把我逼急了，我把錄影寄給紀委，大家索性拼個魚死網破算了。」

劉康氣急了，大叫道：「吳雯！你非要逼我出手對付你嗎？我跟你說，你老老實實把錄影交給我，前面發生的事情還可以一筆勾銷，不然的話，你可別怪我心狠手辣。」

吳雯語氣強硬地說：「我再傻也不會交給你的，一旦交給你，我手裏就一點本錢都沒有了，到時候還不是要任由你拿捏？我跟你說，乾爹，你也別打主意想對付我和傅華，我已經將這份錄影拷貝了好幾份，分存在朋友那裏，一旦我和傅華有個什麼閃失，我的朋友馬上就會把錄影寄出給紀委，所以希望你在要做什麼之前慎重考慮清楚。」

竟然嚇唬不住吳雯，劉康腦子飛快的轉了一下，他知道這時不宜激怒吳雯，現在吳雯還念著幾分情面，沒採取最激烈的手段，一旦激怒她，她真的把錄影公開就完蛋了。還是先安撫住她比較好，於是，劉康換了一個口吻，笑了笑說：

「小雯哪，我剛才真是昏了頭了，其實我就是說說而已，我又怎麼會捨得對你不利呢？再怎麼說，我們父女倆也是這麼多年的感情了。」

吳雯見劉康口風轉了，她也軟化了下來，其實她的心已經提到了嗓子眼了，她是硬著頭皮跟劉康對著幹的，這也多虧了她手中有這份錄影，沒有這份錄影，她是沒膽量跟劉康這麼對抗的。

吳雯立即說：「乾爹啊，我剛才說話也有點衝，對不起啊，你放心了，我絕對不會用錄影做別的事情的，尤其是不會對乾爹做什麼不利的事情。」

劉康笑了笑，說：「你不用道歉了，我們互相都有不對的地方。既然你想把錄影留著，那就留著吧。不過可要保管好啊，如果不小心流了出去，乾爹可就要被你害苦了。」

吳雯說：「不會的，你放心，我會保管好的。」

劉康笑笑說：「那行，你就在北京好好生活吧，我不會再打攪你了。」

劉康說完，就把電話給掛了。

聽劉康掛了電話，吳雯長出了一口氣，她沒想到劉康會這麼容易就放手了，不由得暗自慶幸自己事先做了第二手準備，不然的話，今天還不知道該如何應付過去呢。

但是很快，吳雯的心就再次懸了起來，劉康這麼輕易就放手，是不是緩兵之計啊？按照吳雯對劉康的瞭解，劉康是不達目的絕不甘休的人，怎麼會就這麼放任自己拿著他的把柄而不還擊呢？

劉康最後是笑著掛了電話的，這種情形下，換了誰都會氣急敗壞的，又怎麼能笑得出來呢？劉康能笑得出來，更說明了他的陰險，他心中肯定是有對付自己的主意了。

吳雯有了不寒而慄的感覺，不行，一定要事先防著他一手。

聽到錢兵被抓的消息，羅雨一下子懵了，不管怎麼說，鴻途集團這件事情他是始作俑者，這個責任他是逃不掉的。羅雨趕忙打電話給徐正，想跟徐正解釋這件事情。

徐正接通了，羅雨說：「徐市長，我想跟你解釋一下，我根本不知道錢兵是個騙子啊。」

徐正心裏正煩著呢，他現在需要打報告給省裏，承認自己在鴻途集團引資這件事情上的失誤，請求省裏給自己處分呢，又怎麼有心情來聽羅雨的解釋呢？他沒好氣的說：「好了，我知道了，就這樣吧。」說完，徐正沒再讓羅雨有機會說什麼，就掛了電話。

羅雨呆在那裏，徐正這毫無感情的一句話把他更是打懵了，徐正連話都懶得跟他說，說明他是多麼生自己的氣啊。羅雨心裏叫道：完了，這下徹底完了，徐正肯定是把所有的事情都遷怒在自己身上了，自己的仕途前景就渺茫了。再是還有傅華那邊，如果傅華這次把所有的責任都推在自己身上，那自己就徹底翻不了身了。

羅雨心中暗自叫苦不迭，後悔當初不該貪功，一反原來的初衷，把鴻途集團的事情都攬在自己頭上。如果按照他原來的設想，讓傅華作爲主要的責任人推到前臺，那現在自己的責任不是少得多了嗎？看來還需要趕緊去跟傅華解釋一下，讓他不要把責任都推在自己身上。

羅雨就去了傅華的辦公室，低著頭對傅華說：

「傅主任，我想跟你說一下鴻途集團的事情，沒想到鴻途集團給市裏造成了這麼大的損失，我真不知道這個錢兵是騙子啊。我當初沒有審查出鴻途集團的問題，是一個很大的失誤，我願意向市裏面檢討，請求市裏對我嚴加懲罰。」

傅華此刻對鴻途集團這件事情心中也是很歉疚的，他後悔自己當時沒有認真深入的審查，就貿然的將鴻途集團帶回海川去。這一次與上次他將百合集團引回海川的情況不同，那一次，百合集團是國內很著名的公司，經濟實力尚可，而這一次，鴻途集團籍籍無名，自己是被幾個表象給蒙住了耳目，盲目的就將錢兵推薦給了海川市政府，所以對這一次海川市所遭受的損失，他認爲自己也應該負很大一部分責任。

見羅雨一副失魂落魄的樣子，傅華笑了笑，說：「小羅啊，這不能完全怪你，很大一部分責任應該在我身上，我沒把好關。你也不要太有心理負擔了，我是駐京辦的主任，這個責任應該由我來付，我會向市裏面打報告承認這個錯誤，請求處分的。」

羅雨沒想到傅華會主動承擔起責任來，原本他還想爲自己辯解一番呢，傅華這麼一說，讓羅雨有些不好意思了。他又想到了從傅華剛到駐京辦，到傅華向市裏面提議提拔自己當這個副主任，一直以來，傅華其實都是很愛護他，是他被這個副主任蒙住了心竅，一味的去猜忌傅華，背後去做傅華的小動作，心中更加愧疚了，便說：

「傅主任，不能這樣子的，這件事情確實因我而起，責任應該由我承擔，這個報告由我來寫吧。」

傅華笑著搖了搖頭，說：「那可不行，鴻途集團的引進雖然是由你開了頭，可是後續的行動都是駐京辦在做，這是駐京辦集體的行爲，而我是駐京辦的負責人，這個責任我必須承擔起來。你要寫報告，是不是想搶班奪權啊？」

傅華本是一番開玩笑的話，卻不經意間說中了羅雨的心事，羅雨臉紅了一下，說：

「我不是這個意思，只是覺得這個責任應該由我來負。」

傅華笑笑說：「好啦，小羅，你勇於承擔責任這一點是很好的，我們都記取這個教訓吧。你不要有壓力了，回去工作吧。」

羅雨還想跟傅華說什麼，傅華揮揮手說：「好啦，你不用說了，這件事情就這樣定了。」

羅雨離開後，傅華就把鴻途集團這件事情總結了一下，寫成了一份報告，主動將責任攬在自己身上，請求市裏面追究他的責任。報告寫完，安排人將報告寄回了市裏面。

名花殞命

吳雯還是那樣子直直的看著傅華，沒有回應，傅華大起膽子，
伸手去吳雯的鼻子下探了一下，已經是氣息全無，吳雯已經死了。
傅華驚呆了，腦海裏一片空白，
渾身猶如篩糠般的發抖，不知道該做什麼了。

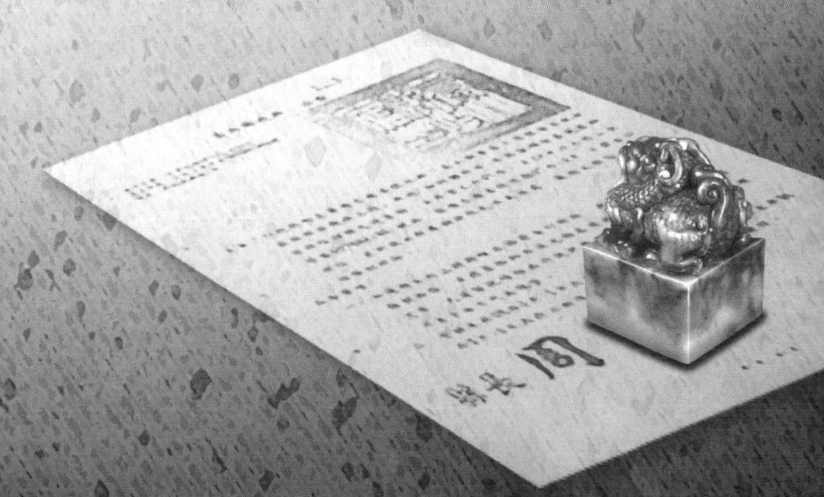

臨近傍晚，賈昊打電話來，說：「小師弟啊，上次謝謝你把我送回了家。」

傅華笑說：「師兄客氣了，怎麼，你現在心情好一點了嗎？」

賈昊笑了笑，說：「不好又能怎麼樣啊？又改變不了什麼。」

傅華說：「師兄這個心態就對了，過去就讓它過去吧，文巧沒有跟你在一起，那只能說是有緣無分，不必在意的。」

賈昊說：「是啊，誒，出來一起吃飯吧，我今晚沒應酬，一個人好無聊啊。」

傅華正好也沒什麼事情，就說：「那你可得請我吃頓好的，上一次我送你回家，你醉得跟什麼一樣，差一點累死我。」

賈昊笑笑說：「行啊，我請你吃杭州本幫菜好了。」

傅華說：「好哇。」

晚上，傅華和賈昊便到朝陽區新開的一家餐館，賈昊說：「最近在京城很流行吃杭幫菜，這家餐館朋友帶我來吃過，很不錯的。」

傅華笑說：「看來師兄總是走在時代流行的最前沿。」

賈昊說：「沒辦法，我們坐在這個位置上，成天都有人變著法的巴結，想不走在流行時尚的前沿都不行。」

餐館內佈置的是一種靈秀氣質，倒是十分貼切江南給人的感覺。暗紅色嫁妝盒，天花板上的仿古窗櫺，甚至鏤空雕花的吊燈，既有江南園林的美好，又夾雜著時尚的歐陸風格，水鄉的柔美悠閒融合在大都市的時尚中，一看就給人一種賞心悅目的感覺。

賈昊拿起了菜單，說：「我上次吃過幾個菜很不錯，我來點吧。」

賈昊就點了清蒸大黃魚、醉蟹、西湖糟魚、龍井手剝蝦仁等幾道菜，推薦說：「你等一會兒吃吃這個醉蟹，真是一絕，好吃得不得了。」

酒點了二十五年的鑑湖花雕，這是黃酒中的名酒，產自紹興，賈昊說吃杭幫菜就應該喝紹興的花雕酒。

菜很快就送上來，菜品也如江南般的溫婉，脫俗氣質滲透進每個細節，尤其是那盤龍井手剝蝦仁，青色瓷器在雲霧中凸顯，品瑩的蝦仁上蜻蜓點水幾片墨綠色茶葉，給人一種詩情畫意之感，吃起來口感脆彈，帶有龍井的淡淡茶香，美味至極。

傅華笑著對賈昊說：「師兄，你真是會選地方，這個地方讓我感覺自己就是一個詞人墨客，都有吟詩作對的興致了。」

賈昊笑了，說：「我的眼光什麼時候差了？不是好地方我又怎麼會帶你來呢。來，喝酒。」

賈昊這話說的倒是事實，他的品味一向出眾。他帶傅華出來玩的地方基本上都是十分高雅的。

傅華就和賈昊碰了一下杯，賈昊將杯中澄黃的酒液一口喝乾了。

傅華看賈昊喝這麼快，連忙勸道：「師兄啊，不要喝這麼急，慢慢來嘛，你忘記上次喝得那麼醉了？」

賈昊笑笑說：「放心吧，這個酒精度很低的。實話跟你說，小師弟，我也就跟你在一起才敢這麼喝，跟別人喝酒不是有這樣的算計，就是有那樣的勾當，沒辦法放心大膽的喝。你就不同了，你是一個可以做真心朋友的人，在你面前我不需要防備什麼。」

傅華倒還真沒想到賈昊是這麼看他的，有些不好意思的說：「好啦，師兄，你這麼誇我，我會不好意思的。」

賈昊說：「好好，我不誇你了，那你先把酒喝了。」

傅華便把杯中的酒乾了。

賈昊說：「喝酒就是要這麼爽快，來，我給你倒上。」

賈昊就又替傅華把酒給倒上了，兩人就這麼慢慢閒聊著，一杯接一杯的喝著。

聊著聊著，不知不覺就過去了兩個多小時，聊得愉快，酒就喝得順口，不覺兩人已經喝了兩罈鑑湖花雕了，賈昊的臉又像上次一樣喝得紅撲撲的，眼睛也紅了。

傅華感覺賈昊喝得差不多，見賈昊又要叫酒，連忙攔住了他，說：「師兄啊，酒已經夠了，不要再叫了。」

賈昊說：「那怎麼行，我正在興頭上呢，放心，這是黃酒，又不是白酒，喝多一點沒問題的。」

傅華笑笑說：「黃酒也是酒啊，師兄，我看你再喝下去，肯定又要喝醉了。」

賈昊說：「你別攔我，今天這酒我一定要喝痛快了，反正我回去也是一個人，也沒人管我。」

傅華看出賈昊還是沒有完全從文巧帶給他的情傷中解脫出來，心中暗自嘆了口氣，心說：算了，他要喝就喝吧，反正有自己在身邊照應著，大不了再像上次那樣酩酊大醉罷了。

傅華也就沒再阻攔，只是自己開始喝得少了一點，他可不想跟賈昊同時都喝醉了。

賈昊又喝了幾杯，開始有點醉態了，他說：「小師弟啊，你知道我到目前爲止最遺憾的是什麼？」

傅華笑了笑說：「你不會又要說你的那位大明星吧？你可跟我說過，那都是過去的事情了。」

賈昊說：「我不是想說那個，我是說，你看我到目前爲止，也算是仕途很成功吧？」

傅華笑笑說：「你已經是證券業的權威人士了，肯定應該算是很成功。」

賈昊說：「可我就是無法得到張凡老師的肯定，我今天所有的這一切，除了我自己的努力，可以說張老師有很大的功勞，偏偏他就是不肯稱讚我一句。」

傅華笑說：「師兄啊，你的成功已經爲世人所公認，老師稱不稱讚你都是事實，你就不必介意了。」

賈昊說：「你不知道，那些人說的都沒用，老師肯定我一句，比他們稱讚我一萬句都強。說實話，在這一點上，我很嫉妒你啊，老師提起你來都是讚不絕口的，讓我都覺得他有些偏心了。」

傅華笑說：「師兄啊，我跟你可是不能相比的，我現在幾乎是毫無作爲，根本就不值一提。」

賈昊說：「不是的，開始時我也想不明白，可是跟你相處了一段時間，我就明白了張老師爲什麼會對你這麼好，張老師所在乎的根本就不是那些世俗中熱衷的名利，他欣賞的是你這種淡泊名利的做人風格，我也覺得這一點上，你確實比我優秀。」

傅華笑了起來，說：「師兄啊，你真是喝多了，這麼說我真要不好意思了。」

賈昊說：「不是，我確實是這麼認爲的，就連我現在也覺得跟你在一起不論做什麼，都會很輕鬆愉快。」

傅華開玩笑說：「師兄，你不會愛上我了吧？」

賈昊正喝著酒，聞言一下將酒噴了出來，伸手搗了傅華一拳，笑罵道：「去你的吧，我可不喜歡男人。」

傅華正要繼續跟賈昊打趣，這時他的手機響了起來，賈昊伸手笑著說：「肯定弟妹在家看你沒回去，著急了，你把電話拿來，我跟她說幾句。」

傅華拿出電話，正要遞給賈昊，順眼看了一下號碼，連忙將手機又收了回來，對賈昊說：「師兄，不是趙婷，是我一個朋友。」

傅華接通了電話，說：「吳雯啊，這麼晚找我有事嗎？」

吳雯聲音有些急促的說：「傅華，你現在在哪裡？」

傅華說：「跟我師兄在外面喝酒呢，什麼事啊？」

吳雯說：「你能不能過來一趟，我有點東西需要交給你保管。」

傅華遲疑了一下，他覺得這麼晚去一個女人家裏很不方便，便說：「已經很晚了，明天不行嗎？」

吳雯說：「不行啊，我剛才出去散步，回來的時候感覺似乎有人在背後盯著我，我怕是劉康的人，怕他會對我不利，這個東西放在我身邊不安全，你幫我保管一下，好嗎？」

傅華問說：「究竟是什麼東西啊？」

吳雯急說：「電話裏不方便講，你過來我再跟你說。」

傅華說：「那好，我馬上就過去。」

吳雯就掛了電話，傅華看了看賈昊，說：「師兄啊，我有點事，要先走一步，今天就這樣吧。」

賈昊瞪了傅華一眼，說：「不行，我不准你去。」

傅華愣了一下，說：「師兄啊，酒已經喝得差不多了，還是散了吧？」

賈昊說：「不是，我不是說喝酒，你這麼晚去那個女人家想幹什麼？我記得上次你跟這個吳雯一起來看《暗戀桃花源》過，當時我心裏就打了一個問號，你們倆究竟是什麼關係啊？現在她又這麼晚叫你過去，你們之間肯定不清白。你這樣做對得起趙婷嗎？我不准你去。」

原來是賈昊誤會自己跟吳雯有什麼私情了，傅華笑說：「師兄，你真是誤會我了，吳雯只是一個朋友，她叫我去，只是想要我幫她一個忙，不牽涉其他的。」

賈昊說：「誰相信啊？小師弟，趙婷對你可是死心塌地，你可不要身在福中不知福。」

傅華笑了一下，說：「師兄，我什麼時候騙過你嗎？我跟吳雯真的只是朋友，她當初幫過我很大一個忙，現在她有事需要我幫忙，這一趟我必須去的。好了，你能自己回去吧？」

賈昊不放心說：「好吧，你小子自己可要把持住。」

傅華說：「我知道，我可要走了。」

賈昊說：「時間反正也不早了，我們一起走吧。」

說著，賈昊站了起來，要跟傅華一起離開，卻沒想到酒勁上來，腿一發軟，又坐了回去。

傅華看賈昊的情形有些不對，便問道：「師兄啊，你是不是喝多了？」

賈昊笑了笑說：「沒事啦，我沒喝多。」

傅華說：「不對，你站都站不穩了，怎麼能說沒喝多呢？」

賈昊揮了揮手說：「好啦，我沒事，你著急就先走吧，我坐一會兒就好。」

這種情形傅華怎麼放得下心離開，便說：「師兄，你把車放在這兒吧，我先送你回去。」

賈昊說：「我都跟你說沒事了，你不是有事要辦嗎？趕緊去吧。」

傅華說：「不行，你喝多了，我不能放你一個人回去，走，我扶著你，先把你送回去。」說著，不由分說就將賈昊攙扶起來。

賈昊酒醉心不醉，知道自己確實喝多了，也沒跟傅華爭執，就讓他扶著送上了車。

傅華轉身去開車，同時撥了電話給吳雯，說自己的朋友喝多了，要先送他回家，送完朋友他就馬上去找她。

吳雯說：「好吧，那你快點。」

傅華就趕忙開車，等到了賈昊家，賈昊已經在後座上睡著了，傅華心裏暗自好笑，想不到這黃酒後勁還很大，讓這傢伙醉成了這個樣子。

又是好一番折騰，好不容易才將賈昊送進了家門，等傅華再開車到吳雯家的時候，已經過去兩個多小時了，傅華怕吳雯等急了，下車就匆忙衝進大廈的樓道，上了電梯。

到了吳雯家的樓層，電梯門打開，樓道裏一片漆黑。往常樓道中都是有燈光的，傅華心中頓時有一種不祥的預感，他快步走到吳雯的家門前，伸手去敲門。

門吱呀一聲開了，原來門根本就是虛掩的，傅華心中越發緊張，叫了一聲：「吳雯，你在嗎？」

屋子裏沒開燈，靜悄悄的，沒有一絲回音，傅華的心都提到了嗓子眼了。

他藉著窗外透進來的光線，找到了電燈的開關，打開燈，看到吳雯一動不動的趴在客廳的沙發上。

傅華以為吳雯是在等自己的時候睡著了，心裏鬆了一口氣，就走過去拍了拍吳雯的肩膀，說：「醒醒，我來了，你也真夠粗心的，竟然沒鎖門。」

吳雯絲毫沒有回應，傅華又說：「起來了，你說要我保管什麼東西，快點給我，我好早點回去。」

吳雯還是沒有反應，傅華就去推了她一下，這下子，他感覺有些不對了，吳雯的身體有些僵硬，不像一個正常人的樣子。

傅華大著膽子將吳雯翻了過來，一幅恐怖的畫面出現在他面前，吳雯的臉猙獰著，雙目圓睜，幾乎要瞪出眼眶，直直的看著他，嚇得傅華一哆嗦，坐到了地上。

傅華驚叫了一聲：「吳雯，你怎麼了？」

吳雯還是那樣子直直的看著傅華，沒有回應，傅華大起膽子，伸手去吳雯的鼻子下探了一下，已經是氣息全無，吳雯已經死了。

傅華驚呆了，腦海裏一片空白，渾身猶如篩糠般的發抖，不知道該做什麼了。

好半天傅華才清醒了些，爬起來趕忙撥打了一一〇報警。

等候警察來的時間，傅華真有度日如年的感覺，他不敢再去看吳雯的樣子，只是焦躁的不時走出窗前，去看大廈下面有沒有警車開來，卻一次又一次的失望，心裏不免埋怨警察出現的速度太慢。

這時候，傅華才感覺自己也有懦弱的一面。

過了半個多小時，警察總算是來了，傅華把自己知道的大概情形跟警察說了，警察就開始勘驗現場。

傅華茫然的往外走，他感覺自己已經撐了很久，神經緊繃到極點，快要到崩潰的邊緣了，這一刻他只想要趕緊逃離這裏，逃離的越遠越好。

身後有一名警察叫了起來：「誒，那位先生，你要去哪裡啊？」

傅華沒有意識到警察是在叫他，還在茫然的往外走。

那名警察以爲傅華是想要逃跑，一個箭步衝到了他的面前，伸手攔住了他，說：「你要去哪裡？」

傅華這才從茫然中驚醒，看了看警察說：「回家啊，怎麼了？」

警察似乎見慣了這種被嚇傻了的報案人，笑了笑說：「這位先生，你還不能走，我們還有事需要問你。」

傅華愣了一下，說：「我知道的都告訴你們了，怎麼還不能離開啊？」

警察說：「也沒別的事，就是我們還需要做一下筆錄，很快的。」

傅華只好繼續留下來，警察就開始做筆錄，詳細的問了他爲什麼會來現場、當時的情形又是如何……等等。

問完時，已經是凌晨五點了，警察還留下了傅華的地址，叫他近期不要離開北京，隨時準備接受警方的詢問，這才放傅華離開。

此時傅華神經已經麻木了，也睏到了極點，茫然的去開了車回家。進了家門，也沒進臥室，就蜷縮在客廳的沙發上睡了過去。

睡夢中，傅華眼前老是出現吳雯眼睛突瞪的樣子，嘴裏還不斷喊著：「傅華，我死得好苦啊。你怎麼來得那麼晚啊？」

傅華說：「吳雯，我是想早點去的，可是我師兄喝醉了，我要先送他回家。」

吳雯叫道：「我不管，反正是因爲你耽擱了，我才被害死的。」說著，吳雯就伸出雙手來抓傅華，傅華趕忙飛跑著逃走，吳雯就在他身後不停地追著。

傅華越跑越害怕，叫道：「吳雯，你別來追我啊，又不是我害你的！」

吳雯說：「我不管，如果你早點來，我就沒事了，你也有責任的。」

傅華沒辦法，只好不停地跑。

不知道跑了多久，傅華跑到了一座懸崖上，看看前面沒有去路了，傅華只好轉過身來，說：「吳雯，你到底要怎麼樣呢？」

吳雯笑了笑，說：「傅華，我在下面很寂寞，你來陪我吧。」

說著，吳雯伸手用力推了傅華一把，傅華再也站不住了，被推下了懸崖，不由得啊的大叫了一聲，醒了過來。

眼前朦朧出現了一個漂亮女人的臉龐，傅華以為還是吳雯，渾身哆嗦了一下，差一點又叫了出來。

幸好這時女人開口說話了：「老公，你怎麼了，我剛才輕輕推了你一下，你就啊的大叫了一聲，嚇了我一跳。」

聽聲音就知道是趙婷，傅華清醒了很多，知道自己是在家裏，這才定下神來。

此刻，他壓抑了一晚上的情緒再也控制不住了，伸手去用力抱住了趙婷，哭著說：「趙婷，吳雯死了。」

趙婷愣了一下，說：「別開玩笑了，前幾天我還跟吳雯一起逛街呢，好好地怎麼就會死了？」

傅華說：「小婷，我說的是真的，她昨晚被人害死了。」

趙婷詫異的看了看傅華，她關心的重點不是吳雯的死，而是傅華是怎麼知道吳雯死亡的。

她問：「你是怎麼知道吳雯死了？你昨晚在吳雯那裏嗎？你怎麼會去她那裏的？」

傅華沒想到這時候趙婷關心的不是吳雯是怎麼死的，反而是自己昨晚的行蹤，苦笑了一下說：「事情是這樣的，昨晚十點多，我在跟師兄喝酒的時候，接到了吳雯的電話，她說有件東西要交給我保管，讓我去拿，誰知道我到她家的時候，她已經被人害死了。」

趙婷驚訝地問：「爲什麼啊？」

傅華隱約可以猜到這件事情肯定跟劉康有關，可是事情的來龍去脈跟趙婷很難解釋清楚，只好搖了搖頭說：「我也不清楚，可能跟她要交給我保管的東西有關吧。」

趙婷懷疑的看了看傅華，說：「老公，看樣子，似乎你跟吳雯之間有很多事情我都不曉得，你們之間到底是什麼關係啊？」

傅華煩躁的說：「我們能有什麼關係啊，就是普通的朋友而已。」

趙婷不相信地說：「普通的朋友能叫你那麼晚去拿東西？什麼東西這麼重要啊？」

傅華說：「吳雯說有人盯她的梢，那東西放在她那裏不安全，所以讓我一定晚上去拿，唉，不巧當時師兄喝醉了，我拖延了快兩個小時才過去，沒想到就出事了。」

趙婷好奇地說：「究竟是什麼東西啊？」

傅華說：「我也不知道，我當時問吳雯，她說電話裏說不方便，要見面再談。」

趙婷看了看傅華，她注意到傅華因爲這件事情受驚不少，所以雖然心中疑團不少，也知道現在不是追問的時候，便說：

「哦，是這樣啊，好啦，事情既然已經發生了，你就不要害怕了，我相信公安機關會查明事實真相的。快到上班時間了，你趕緊收拾一下上班吧。」

傅華想想也是，不論怎樣，事情已經發生了，擔心也沒用，生活還是要繼續下去的，便說：「是啊，我還要上班啊。」

傅華就強打起精神，簡單的洗漱了一下，吃了早餐，就開車上班去了。

在路上的時候，傅華接到了羅雨的電話。

羅雨有些慌張地說：「傅主任，你現在在哪裡？」

傅華說：「我在去駐京辦的路上，怎麼了？」

羅雨急急地說：「你快過來吧，你的辦公室昨晚遭竊了。」

傅華心裏一驚，昨晚吳雯被殺，緊接著自己的辦公室就被偷，這兩件事情似乎有著某種必然的聯繫，盜竊自己辦公室的人，是不是在找吳雯拜託自己保管的東西呢？

傅華說：「你立刻報警，我一會兒就到了。」

羅雨說：「好的。」

羅雨把電話掛了，傅華馬上就想到，偷竊自己辦公室的人肯定沒找到他想要找的東西，下一步會不會去自己家裏找呢？那在家的趙婷就有危險了。

想到這裏，他不敢有絲毫耽擱，立即撥電話給趙婷。

趙婷接了電話說：「老公啊，是不是你忘記了什麼東西？」

傅華著急地說：「小婷，你現在不要在家裏待著了，家裏現在不安全，你先回爸爸那兒住幾天再說。」

趙婷說：「究竟怎麼了？爲什麼啊？」

傅華說：「你先別管這麼多了，趕緊去爸爸那裏吧，原因我晚上回去會告訴你的。」

趙婷說：「好啦，我去就是了。」

傅華到了駐京辦，警察還沒有到，傅華看看自己的辦公室，門被撬開了，從外面看去，自己的辦公桌被翻得一片狼藉，也不知道丟了些什麼沒有。

羅雨見傅華來了，走過來說：「傅主任，我早上一來就看到是這個樣子了，小偷只撬了你一個人的辦公室，好像是要在你這裏找什麼東西。」

傅華問：「你報警了嗎？」

羅雨說：「已經報了，警察說馬上就到。」

這時兩名民警來了，看了看現場，又讓傅華查看丟了什麼東西沒有。傅華簡單的檢查了一下，什麼東西都沒少。

其中一名警察說：「不知道這是哪個傢伙的惡作劇，既然沒丟東西，那就這樣吧。」

傅華心裏清楚絕非惡作劇那麼簡單，便說：「警察同志，這個人闖進來肯定是有目的的，你們應該好好查一下。」

警察說：「你又沒丟東西，我們查什麼？你以爲我們警察成天閒著沒事幹嗎？」

傅華說：「不是，他闖進我辦公室，肯定是有原因的。」

警察笑了笑，說：「原因很簡單啊，就是你這個主任不知道在什麼地方得罪了下屬，所以人家故意弄你一下，嚇嚇你而已。」

傅華氣憤地說：「警察同志，你怎麼能夠隨意臆測呢？你這樣很不負責任啊。」

警察說：「好啦，這位同志，我們警力有限，像這樣的事情如果每件都查，我們查不過來的。就這樣吧。」

傅華也找不到讓警察留下的理由，只好放他們離開了。

警察走後，傅華讓人整理了一下自己的辦公桌，便繼續在裏面辦公。

剛收拾完，趙凱的電話就打了進來。

趙凱關切地問道：「小婷打電話給我，說你不知道招惹上了什麼麻煩，看上去很嚴重，究竟怎麼回事啊？」

傅華說：「爸，一兩句話說不清楚，晚上我過去再跟你解釋吧。」

「好吧。」趙凱說。

晚上，傅華到了趙凱家，趙凱早早回來了，和趙婷坐在客廳裡等著傅華。

趙凱看到傅華就問道：「究竟怎麼回事啊？那個吳雯爲什麼會被殺害？你跟她之間究竟有什麼牽連？」

看來趙婷跟趙凱已經談過這件事了，傅華說：「爸，這個吳雯你應該知道的。」

趙婷詫異的看了看趙凱，問道：「爸，你認識吳雯？」

趙凱疑惑的說：「沒有哇，我印象中沒有聽過這個名字。」

傅華說：「就是當初我被騙時，救我的那個女人。」

「原來是她啊。」趙凱這才恍然大悟。

趙婷越發驚訝了，她看看趙凱，又看看傅華，說：「原來你們很早就知道吳雯啊？爲什麼我不知道？」

傅華解釋說：「是這樣的，當時我被騙，正好吳雯想通過我回海川做生意，見我陷入困境，就出手幫了我一把，這件事情爸爸經過調查也知道了。」

趙凱在一旁說：「是啊，我當時不放心傅華，就讓人調查了他是如何解決被騙那件事情的，因此知道了這個女人的存在。傅華，我不是警告過你，不要再跟這個女人來往嗎？」

傅華說：「爸，我沒有再跟這個女人來往，她幫了我之後就去了海川，這次是她不想再在海川待了，回來去我那兒玩。她總是幫過我，我總不能將她拒之門外吧？」

趙凱說：「那她被殺是怎麼一回事啊？」

傅華說：「她這次回來，說是跟劉康鬧翻了。」

趙凱驚訝地說：「你是說，這件事情是劉康做的？」

趙婷在一旁問道：「劉康又是誰啊？」

傅華說：「劉康是吳雯的乾爹。我猜測這件事情很可能是劉康做的，劉康曾經把吳雯送給徐正做情人，吳雯很反感這件事，這才從海川回北京。我猜是吳雯不知道抓到了徐正和劉康的什麼把柄，他們就下了殺手。今天早上我的辦公室被偷，對方明顯是想找尋什麼東西，我感覺小婷自己在家怕不安全，所以讓她過來住一段時間。」

趙凱沉吟了一會兒，說：「既然可能是劉康下的手，那真是有些危險，你讓小婷回家來住是對的，你們就先在家住幾天吧。」

趙婷說：「這個劉康這麼可怕？」

趙凱說：「這是一個黑白兩道都踩的傢伙，小心一點沒錯的。」

趙婷說：「那報警抓他啊！」

趙凱笑了，說：「怎麼抓他？我想的沒錯的話，這傢伙現在肯定是在海川，不在北京，你根本就沒證據可以抓他。」

傅華說：「對啊，我雖然跟警方做筆錄的時候提及了劉康，不過我想真要抓住他很難。」

趙凱說：「你跟警察提過劉康？」

傅華說：「我也沒說太多，只是說吳雯發現有人盯梢，懷疑是劉康的人，就讓我過去，說有一件東西要交給我保管。」

趙凱說：「那徐正呢？你提過徐正嗎？」

傅華搖了搖頭，說：「我知道徐正跟吳雯的關係，都是聽吳雯說的，現在吳雯被殺害了，我手裏根本就沒有任何證據，怎麼提他？尤其他還是我的頂頭上司。」

趙凱嘆了一口氣，說：「如果找不到吳雯要你保管的東西，這件案子怕要成爲無頭公案了，你不提徐正也是對的。」

傅華猜測說：「那件東西怕是已經被劉康拿去了吧。難道這件事情就這樣沒辦法查了嗎？」

趙凱問：「你想幹什麼？」

傅華說：「吳雯總是幫過我的人，這一次我如果及時趕到她家，可能事情就不會發生了，如果再不能找到兇手爲她報仇，我心裏會很不安的。」

趙凱說：「不行，你不能再插手這件事情了，你根本就不是劉康的對手，如果感情用事，只能做無謂的犧牲。」

傅華說：「那怎麼辦？我就這麼看著？」

趙凱說：「你也只能就這麼看著。不過，人在做，天在看，現在劉康已經殘暴到殺人害命的程度，我想離受報應也不遠了。」

趙婷看了看傅華，說：「老公，爸爸說的對，這個劉康太可怕了，你不要再摻和這件事情了。」

傅華說：「可是，如果我什麼都不做，我會覺得對不起吳雯。」

趙凱說：「你可不要給我逞英雄啊，這可不是你逞英雄的時候，如果你有個什麼閃失，你讓小婷怎麼辦？」

趙婷也拉著傅華的胳膊，說：「老公，你就聽爸爸的吧。」

傅華無奈的嘆了口氣，他現在確實也沒有別的辦法可想了，就沒再跟趙凱去爭辯什麼。

幾乎在同一時間，海川，在徐正的辦公室，雖然已經過了下班時間，徐正仍然沒有離開，他在等劉康，劉康說一會兒過來，要跟他說吳雯的事情。

這幾日，徐正都是在坐立不安中度過的，他是一個謹慎並且多疑的人，吳雯拍的錄影不拿回來，他是不能安心的。

劉康進辦公室的時候，臉色陰沉著，一副很不高興的樣子，徐正看在眼中，急在心中，他認爲劉康這個樣子肯定是事情沒辦成。

徐正有些不滿的說：「劉董啊，是不是你還沒將錄影拿回來啊？」

劉康嘆了口氣，說：「錄影是拿回來了，正由專人從北京把它送過來，可是出了更嚴重的狀況。」

徐正一驚，問道：「什麼更嚴重的狀況？」

劉康說：「吳雯被我的人失手給弄死了。」

劉康就講了從北京傳回來的情況。

時間回到今天上午，在西嶺賓館，劉康在吳雯的總經理辦公室接到了小田的電話。

小田說：「劉董，東西我拿到了。」

劉康鬆了一口氣，笑著說：「好，幹得不錯。」

小田卻沒有表現出受了表揚的高興，接著說：「只是，不小心出了一點意外。」

「什麼意外啊？」劉康說。

「吳雯被我弄死了。」小田懊惱地說。

無頭懸案

傅華不用想也知道案件這樣偵查下去的結果是什麼，
吳雯脫離仙境已經有幾年了，她當年的姐妹、客人現在恐怕都難以找到，
更何況，根本上這個方向就是錯的。
看來這個案件最終會變成一樁沒有結果的無頭懸案。

劉康驚叫了一聲，說：「什麼，我不是告訴你只要把錄影拿回來，不要去對吳雯怎麼樣嗎？你怎麼會把人給弄死了呢？」

小田怯懦地說：「對不起啊，劉董，出了一點意外。」

原來昨晚小田看吳雯家很長時間沒有燈光，就撬門進了吳雯的家，他是這一行中的高手，幾乎可以做到毫無聲息就進入別人的家。可是他沒想到的是，吳雯家雖然沒開燈，吳雯卻是在家的。她因爲要等傅華來，一直坐在沙發上等著，之所以沒開燈，是因爲她害怕外面可能有人在窺探她的行蹤，不想開燈暴露自己在家。

小田進門的時候，吳雯因爲有些睏了，坐在沙發上打盹，所以並沒有察覺。沒想小田在行走中，不小心碰了茶几一下，一下子驚醒了吳雯。

她這幾天神經都處於高度緊張狀態，聽見有莫名的響動，不由地就尖叫了起來。

小田慌了，他沒想到吳雯在家，當下的第一反應就是先制止吳雯的喊叫，所以他一個箭步就衝到吳雯面前，上去捂住了吳雯的嘴。

吳雯見嘴被捂住了，越發緊張害怕，本能的就拼命連抓帶踢，想要掙脫小田控制。這時候小田哪敢放開，就拼命的捂住吳雯的嘴，直到吳雯不再掙扎他才停了下來，才發現吳雯已經停止了呼吸。這朵豔冠花國的牡丹，就這樣凋謝了。

吳雯停止呼吸之後，小田就把吳雯的家翻了一個遍，找到了錄影，這才離開。又按照劉康的吩咐，去傅華的辦公室找了一遍，看看吳雯有沒有交給傅華錄影的備份。

吳雯在北京的交往圈子劉康十分清楚，他知道吳雯在北京，現在只有傅華一個可以信得過的朋友，如果吳雯真要把錄影委託給什麼人保管，那第一人選肯定是傅華。至於為什麼要去辦公室找，劉康認為這種女性友人的東西，傅華應該不會帶回家給老婆看到的。

劉康聽完，腦海裏頓時嗡的一下，這可與他設想的不一樣，他從來沒想過要去殺害吳雯，只是想拿回這個不但可能威脅徐止也會威脅到自己的把柄。至於吳雯，他還想等這件事之後，看看能不能跟她緩和一下關係呢。

小田見劉康好半天沒說話，知道自己可能犯了大錯，他跟劉康很久了，劉康和吳雯之間的關係他很瞭解，劉康現在這個樣了，明顯是捨不得吳雯。

小田再次道歉說：「對不起啊，劉董，我也沒想到會這個樣子的。」

劉康清楚自己要小田去做這種事，很難保證沒有閃失；而且事情已經這樣了，再去指責小田也無意義，相反倒可能惹惱小田。小田這種人雖然只是一個工具，可這工具鋒利無比，惹惱了也可能會反噬其主的。

劉康很快想清楚了其中的利害關係，嘆了口氣，說：「好啦，這件事情你並沒有做錯什麼，吳雯也是自食苦果，行了，你把手中的其他事情都放下，把錄影親自給我送到海川來。」

徐正聽完後，臉色變得煞白，這個情況可比他預想的要嚴重得多。

徐正前後做過兩任市長，知道公安有一個不成文的規定，那就是命案必破。發生命案之後，公安一定會投入全部的力量來偵破這個案子。尤其是這件命案發生在北京這個首善之區，公安投入的力量一定會更大。如果這個案子被偵破，順藤摸瓜，一定會牽涉到自己，那個時候等待自己的一定是牢獄之災。

再是，徐正雖然心狠，卻還沒狠到殺人害命的地步，他跟吳雯之間雖然有衝突，可是吳雯也給了他一段美好的時光，驟然聽到吳雯死了，他心中就好像被剜掉了一塊什麼似的，悵然若失，好半天說不出話來。

劉康看到徐正的神態，雖然不清楚徐正心裏究竟在想什麼，可不高興是肯定的，便嘆了一口氣，說：「我也沒想到事情會發展成這個樣子。」

徐正叫說：「你沒想到，你沒想到，這一個個意外狀況你都跟我說你沒想到，真不知道你是怎麼在社會上混了這麼多年。你想幹什麼？把我們大家都害死嗎？」

劉康苦笑了一下，說：「這種事情本來就很難控制的。」

徐正氣說：「什麼很難控制，根本上你就沒用對方法，你如果跟吳雯出點錢把錄影買回來，不就沒這種情形發生了？你賺了那麼多錢，為什麼就不能多拿出來一點收買她呢？為什麼非要鋌而走險呢？現在好了，都鬧出人命來了，警方還不知道掌握了多少情況，你就等著警察找上門來抓你吧。」

劉康說：「徐市長，你先不要急，事情還沒壞到這種程度。我的手下手腳是很俐落的，我相信他不會給警方留下什麼線索的。」

徐正說：「這世界上沒有不透風的牆，就算你的手下什麼線索都沒留下，可是你就一定能保證吳雯生前沒把這件事情跟別人說過嗎？如果她說了，那警方不就有線索了嗎？」

劉康說：「這一點我也不是沒想過，吳雯很可能跟別人提到過這件事情，特別是你們駐京辦的傅華，不過，我也不是沒有應對之策。」

徐正聽到傅華的名字，驚訝地從座位上站了起來，指著劉康說道：「等等，你是說吳雯跟傅華熟悉？這是什麼時候的事？我怎麼從來不知道？」

劉康說：「其實吳雯很早就認識傅華了，她來海川最先就是通過傅華的關係。只是她後來知道你跟傅華之間有矛盾，就沒在你面前透露這一點。」

徐正火大說：「你是不是找死啊？明明知道我跟傅華之間有矛盾，還把吳雯這顆釘子安在我身邊，是不是就怕傅華不知道我的情況啊？我不明白你究竟是怎麼想的？你想害死我啊？」

劉康也火了，說：「那時候誰會想到會是今天這樣一個局面？當時的情況是你非跟我要吳雯，我如果不給，你可能就跟蘇南合作了，這種狀況之下，你讓我怎麼選擇？」

徐正說：「我真被你害死了，不用說，肯定吳雯跟傅華聊過這件事情了。」

劉康說：「聊過就聊過，怕什麼，只要傅華拿不出證據來，他就拿我們沒辦法。」

徐正說：「你怎麼知道他就沒證據啊？」

劉康見徐正一再叫嚷，看來是被吳雯被殺這件事情嚇到了，這種狀態可不行，便叫道：「好啦，你別嚷了好不好？你這麼瞎叫能解決問題嗎？你能不能先冷靜一下？」

徐正說：「冷靜，你叫我怎麼冷靜啊？」

劉康叫道：「事情已經發生了，你這樣子是自亂陣腳，知道嗎？」

徐正被劉康叫的清醒了一些，多少恢復了一些理智，略微平靜了一下，坐下來看了看劉康，說：「你剛才說，就算傅華知道這件事情，你也有應對之策？是什麼？」

劉康說：「我在北京警界中還有些朋友，吳雯這個案子的案情，我可以通過朋友隨時掌握，就能知道傅華跟警方究竟說了什麼。」

徐正說：「那又怎麼樣？知道情況不代表你能掌控局面，真要傅華交出什麼來，你還不是一樣乾瞪眼？」

劉康說：「我想傅華手中應該沒什麼證據的，他的辦公室我已經找人搜過了，沒發現什麼東西。」

徐正擔心的說：「你這樣只是一些防備措施，還不能做到萬無一失。」

劉康苦笑了一下，說：「事情到今天這一步，我們也只能見招拆招了。」

徐正心裏也清楚這個時候只好走一步看一步了，嘆了一口氣，說：「好啦，也只好這樣了，你回去吧，有什麼情況隨時通報我。」

劉康走了，徐正一個人坐在辦公室裏發呆，他不知道下面會發生什麼事，悶坐了一會兒，徐正再次掃視了一下自己的辦公室。

徐正越想越覺得自己的辦公室有問題，夜幕已經降臨，窗外燈火通明，徐正卻覺得自己的辦公室分外的陰森，彷彿吳雯的鬼魂隨時可能從不知道哪個角落鑽出來，他再也坐不住了，逃也似地離開了辦公室。

第二天一早，傅華到駐京辦的時候，已經有兩名警察等在他的辦公室了。

來人自我介紹說，他們是刑警隊的，一個姓張，一個姓李，就吳雯被害的案子想要向他詢問一些情況。

傅華詫異地說：「我報案的那天晚上已經做過詳細的筆錄了，你們還要問什麼？」

張警官笑笑說：「案件有一些新情況，需要向你瞭解一下。」

傅華無奈地說：「好吧，你們需要問什麼就問吧。」

三人就坐了下來，張警官開始發問，李警官在一旁做記錄。

張警官問：「請問案發當晚你爲什麼會出現在被害人的家中？」

傅華說：「吳雯是我一個朋友，她在當晚打電話給我，說自己被人盯梢，很可能有人想對她不利，她有件東西放在家裏不安全，想請我保管，一定要我當晚去拿。」

張警官說：「那你什麼時間去的？」

傅華說：「在她打電話給我之後將近兩個小時吧。」

張警官說：「爲什麼拖了兩個小時之後才去？」

傅華說：「我當時在跟朋友喝酒，朋友喝多了，我就先送朋友回家，就這樣耽擱了。」

張警官問：「你這個朋友叫什麼名字？在什麼地方工作？」

傅華說：「他是我師兄，在證監會工作。」

張警官說：「被害人說她可能被人盯梢，她指的是什麼人？」

傅華說：「據吳雯自己講，她懷疑是北京康盛集團的董事長劉康派的人。」

張警官說：「她爲什麼會懷疑這個劉康呢？」

傅華遲疑了一下，他是知道真實原因的，可是這個真實的原因並沒有什麼實證，便說道：「這個劉康是吳雯的乾爹，據吳雯講，他們之間發生了一些衝突。」

張警官問：「什麼衝突啊？」

傅華說：「具體的內容我也不清楚，不過，似乎矛盾很大，當晚吳雯打電話給我的時候，好像很害怕的樣子。」

張警官問：「那你去被害人家的時候，可曾碰到過什麼可疑的人？」

傅華搖了搖頭，說：「我沒看到。」

張警官問：「那你知道被害人要你保管的是什麼東西啊？」

傅華說：「我不知道，當時吳雯跟我說電話裏說不清楚，要見面之後才能告訴我，但是我到的時候，她已經被害了。」

張警官說：「那你知不知道這個劉康現在在哪裡？」

傅華說：「劉康現在在我們海川市，他在那裏承接了一項大工程。」

張警官看了看傅華，說：「你說的這些都是事實嗎？」

傅華說：「絕對真實，我敢保證。」

張警官說：「你談的這些情況我們會向相關人員調查的，謝謝你的配合。」

傅華問道：「張警官，你們現場可曾發現什麼特別的東西？」

張警官說：「對不起，案件還在調查階段，我不能透露任何情況。」

傅華看了看張警官，說：「張警官，還有一個特別情況我要跟你說一下，就在案發當晚，有人闖進了我辦公室，把這裏翻了一遍，似乎想要找什麼東西，我懷疑跟吳雯要交給我保管的東西有關。」

張警官說：「哦，這倒是一個疑點。」

傅華說：「我昨天已經報警了，可是並沒有引起接案民警重視，說沒丟東西可能是一個惡作劇。我覺得問題沒這麼簡單，懷疑吳雯可能是掌握了劉康什麼不法的證據，劉康這才殺人滅口的，希望你們重點查一下這個劉康。」

張警官說：「你說的事情很重要，我們會做必要的調查的，謝謝了。」

警官就離開了，下午四點鐘的時候，賈昊打電話來，說：「小師弟，怎麼吳雯被殺你也不跟我說一聲？」

傅華苦笑了一下，說：「我說什麼啊？誒，警察去找你了？」

賈昊說：「剛走，一個勁問我那晚我們在一起的情形，還問我你在送我回家的途中有沒有在那裏停過？」

傅華愣了一下，說：「他們問這個幹什麼？難道他們懷疑是我殺害了吳雯？」

賈昊說：「我也這麼問過警察，警察說案件牽涉的人都有調查的必要，他們只是排除嫌疑而已。你也不用擔心，我說你中途根本就沒停過。」

傅華說：「這幫警察真是的，沒本事破案，成大瞎懷疑人。」

賈昊說：「你不要怪他們，他們也有他們的難處。對了，你沒事吧？」

傅華苦笑了一下，說：「我還是第一次見到這麼恐怖的場面。」

賈昊說：「不好意思啊，如果我那天沒喝多，可能事情就不是這個樣子了。」

傅華說：「這怎麼能怪你呢？」

賈昊說：「你也不要多想了，好了不聊了，我要開會了。」

小田到了海川市，將他從吳雯房間裏拿到的兩份錄影光碟和電腦硬碟交給了劉康。

劉康問小田：「就這些？」

小田說：「就這些，我再沒發現其他的了。」

劉康說：「這件事情你沒跟其他人提過吧？」

小田搖了搖頭，說：「沒有，這是掉腦袋的事情，我又怎麼會跟其他人提呢。」

劉康就將錄影光碟和硬碟鎖了起來，說：「那好，你就當這件事情沒發生過，把它忘了吧。眼下我估計北京應該查得很緊，你暫時不要回去了，就留在海川，過一段時間等風聲過了，你再回去。」

小田說：「好的。」

過了一天，張警官和李警官趕到海川，找到了劉康。

劉康見到北京來了兩名警官，心裏知道是爲了吳雯被害的事情來的，表面上卻是一臉詫異，問道：「我最近都一直待在海川，不知道兩位找我有什麼事？」

張警官問：「劉康，你認識吳雯嗎？」

劉康笑了笑說：「當然認識啊，我們合作做生意，她還是我的乾女兒。兩位是要找她？真是不巧，她現在在北京。」

張警官說：「我們不是要找她，她在北京被人殺害了，我們就是來調查這件案子的。」

劉康一臉震驚，說：「什麼？不會的，小雯不會死的。」

張警官說：「劉先生，你先冷靜一下。」

劉康一臉痛苦地說：「你讓我怎麼冷靜？她是我乾女兒啊。」

張警官說：「可是有人跟我們說，你跟被害人之間有著很深的矛盾，她的死跟你有關係。」

劉康叫了起來：「誰說的？這根本是胡說八道。我跟我乾女兒關係很好，我連她是怎麼死了我都不知道，她的死又怎麼會跟我有關係？再說我人在海川，吳雯是在北京被害的，我又怎麼會跟她的被害有關係？」

張警官說：「那你跟我們講一下，你跟被害人之間究竟是怎麼一回事？」

劉康就講了自己一開始是跟吳雯合夥在海川開辦海雯置業公司，從事房地產開發，後來康盛集團得標了海川市新機場項目，自己便到海川來主持新機場的建設。

張警官問：「那爲什麼吳雯又回北京了呢？」

劉康說：「唉，吳雯終究是一個年輕女孩，見慣了北京的繁華，嫌海川這個城市太悶了，就想要回北京住一段時間。我當時覺得讓她回去透透氣也好，所以就沒攔她。早知道會出這種事，我說什麼也不會讓她去北京的。」

張警官又問：「那她在北京這段時間，你跟她之間有聯繫嗎？」

劉康說：「肯定有聯繫啊，我們有時會通電話，互相聊聊近況，也聊一些生意上的事情。」

劉康回答得滴水不漏，張警官也找不到可以懷疑的地方，便問道：「既然你跟吳雯這麼熟悉，你可知道她在北京有什麼仇人之類的嗎？」

劉康搖了搖頭，說：「吳雯向來對人很友善的，我不覺得她會有什麼仇人。」

張警官說：「那你覺得有沒有什麼人可能殺害吳雯？」

劉康說：「我印象中想不出有這樣的人。」

張警官嘆了口氣，說：「看來查來查去，還是毫無線索啊。」

劉康說：「不過，有一件事我需要跟你反映一下，可能對你破案有幫助。」

張警官說：「什麼事？」

劉康說：「是有關吳雯以前的職業的，她以前是北京仙境夜總會的花魁，我就是在仙境夜總會認識她的。不過你們別誤會，我跟她之間沒有那種關係，就是在一起聊聊天唱唱歌之類的，她當時的名字叫初茜。後來我覺得她在那種環境裏很可憐，她也常說自己做得很不開心，我就投資跟她一起做生意，讓她脫離了那種環境。警官，你說會不會是因爲吳雯又去牽連了她在夜總會時的一些人，才造成她被害的。」

劉康在這時候故意提及吳雯以前的經歷，就是想轉移視線，混淆視聽，把案情複雜化。一個夜總會的花魁小姐，社會關係不知道該有多複雜，警方如果想要查清楚，那不知道要費多大的氣力，這樣子，警方的注意力就不會完全放在他身上了。

張警官果然上當，說：「原來是這樣啊，這倒要好好調查一下。」

劉康心說，你去查吧，能查得到兇手才怪呢。

徐正向省政府作了書面檢討，承認自己在這次招商活動中，缺乏一定的經驗，被鴻途集團矇騙，給海川市造成了重大的經濟損失，今後一定總結經驗教訓，再也不犯類似的錯誤。

雖然這一次損失巨大，可是因爲這次的決策是海川市政府常務會議集體的決策，徐正雖然負有領導責任，可是集體決策的事情，總不好懲罰個人過重，這當中也沒有什麼受賄徇私的行爲，省政府考慮再三，給予了徐正記大過處分。徐正保住了市長職位，算是逃過了一劫。

對於傅華，徐正雖然有心想要嚴加懲戒，可是考慮到這件事情主要責任在自己身上，如果懲罰傅華太狠，反而會顯得他自己的懲罰太輕，權衡再三，在討論給傅華和羅雨處分的會議上，提議給傅華記過處分，給羅雨警告處分。

副市長金達覺得這麼處分傅華有些不公正，因爲當初引進鴻途集團的主要是羅雨，而且徐正重點表揚的也是羅雨，爲什麼出了事處分的主要責任人卻是傅華。

徐正現在對金達是滿腔的意見，鴻途集團的出事證明了金達當初看法的正確，估計郭奎現在對金達更加欣賞了。此消彼長，徐正心中更加嫉恨金達。

徐正說：「爲什麼，這還用問嗎？傅華是駐京辦的負責人，他是要負領導責任的。」

徐正說的也不無道理，金達也就沒再跟徐正爭執，他知道在鴻途集團這件事情上，目前他是一個勝利者，既然已經得益，這個時候他就不好再刻意的去跟徐正爭執什麼。

處分決定下達之後，羅雨感覺好像是傅華主動幫他擔了主要責任，心中想到自己以前私下裏做了傅華許多小動作，未免有些歉疚，主動找到傅華，向傅華表示了感謝。

傅華笑笑說：「這是我應該做的，你好好工作就行了，不要太放在心上。」

羅雨感激的離開了。

傅華對被記過處分，算是在意料之中，因此並不十分介意，他現在介意的是吳雯被殺這個案子，他很想看到公安機關能夠早日破案。

可是事態的發展卻完全出乎傅華的意料之外，公安機關在去海川調查了劉康之後，調轉了偵查方向，把視線轉向了吳雯的社會關係上面，還專門跑來問傅華，知不知道吳雯以前是仙境夜總會的花魁這件事情，了不了解吳雯以前的社會關係。

傅華當時很不滿，明確提出當晚吳雯說是被劉康的人盯梢的，案件最大的懷疑對象不會是別人，只能是劉康。可是來的張警官和李警官卻說，經過調查，劉康這段時間一直在海川，而且據海川西嶺賓館的服務人員反映，劉康和吳雯一向關係融洽，所以無論從時間上還是理由上，劉康都可以排除嫌疑。

傅華不得不佩服劉康的手段高明，輕鬆的一招，就把警方的注意力轉移了，不過他也沒辦法去糾正警方，警方有他們的辦案方法，自己不能隨意干涉。

最主要的是，自己所說的這一切根本上就沒有什麼證據可以證明，自然也就沒辦法去要求警方再把注意力轉移到劉康身上。

傅華心中很是苦悶，當初在自己最需要的時候，吳雯挺身而出，幫自己解決了問題，現在吳雯被殺，自己明知道兇手是誰，可是只能站在旁邊束手無策，這讓他從內心中覺得對不起吳雯。

傅華不用想也知道案件這樣偵查下去的結果是什麼，吳雯脫離仙境已經有幾年了，她當年的姐妹、客人現在恐怕都難以找到，警察又能查到什麼？更何況，根本上這個方向就是錯的。看來這個案件最終會變成一樁沒有結果的無頭懸案。

傅華不想就這麼看著，他很想找到線索，幫助警察偵破此案。徐正和劉康肯定不會親自動手，他們一定是指使他人幹的。這個人又曾是誰呢？如果找到了這個動手的人，是不是案件真相就會顯現出來呢？

傅華想到當初吳雯帶來幫自己解決被騙事件的男青年，他覺得這個人肯定是一個關鍵人物，可是時間過去這麼久，傅華對這個年輕人的印象已經很模糊了；而且因爲當時吳雯遮遮掩掩，並沒有告訴他這個年輕人的基本情況，所以傅華除了腦海裏有一個模糊的印象之外，根本就不知道該如何去找到這個男青年，也只好徒嘆奈何了。

正當傅華心中暗恨劉康和徐正殺害了吳雯的時候，徐正卻突然要來北京了。

說是突然，是因爲本來這個在京的活動不是安排徐正來主持的，應該來京主持的是一位副市長，徐正卻出人意料的突然提高了這次活動的級別，要親自來京主持。

這次活動是一個很平常的海川土特產品和旅遊資源推介招商會，不久前，海川市政府通知過駐京辦，要在北京舉行一場這樣的活動，傅華已經租好場地，聯繫了媒體，做好了舉行活動的一切準備。

傅華不知道徐正爲什麼突然重視起這場活動來了，雖然一個地級城市的市長在下面已經是很高級別的官員，可是在北京這官員濟濟的地方，實在是一個不起眼的角色。

這種土特產品和旅遊資源推介和招商會，大多時候是一個作秀走過場的活動，地方上的官員煞有其事的把產品和資料帶來，找一個引人注目的地方舉行一場新聞發佈會，給記者們封一個大紅包，記者們回去也煞有其事的發佈一條關於這場推介招商會的消息，好像是很隆重很正式。可是這種會開過就過了，相關消息在有關媒體上露一下面，就會像大海裏的一滴水一樣消失不見，根本沒有人知道你推介了什麼，又想招哪方面的商。

傅華很不想搞這種形式上的東西，可是大家都在這麼做，市裏面又堅持要舉辦，他一個小小的駐京辦主任也沒有反對的可能。

不過徐正要過來，有些事情就需要重新做些安排，起碼在媒體方面要多準備些紅包，市長親自主持，肯定是需要比副市長來的時候更大的版面。中國的這個等級觀念是很強的，你如果不能對不同級別的官員做到區別對待，那就是一種失職。傅華只好給各大媒體的記者朋友打電話，重新安排了一下媒體採訪的事宜。

徐正到北京的時候，傅華雖然心中憎恨徐正，可還是不得不去機場迎接他，這是他的職務所必需做的。

下了飛機的徐正，臉上一點笑容都沒有，只是簡單的跟傅華握了一下手，點了點頭，什麼也沒說，便徑直的往外走。

傅華注意到，徐正在跟自己握手的時候，臉上不爲人察覺的抽搐了一下，似乎有些慌亂，神色之間也很疲憊，腰板雖然故意挺得筆直，可看上去總有一種硬撐的感覺。

傅華從沒見過徐正這麼一番萎靡不振的模樣，他以前見到的徐正，就算是遇到什麼難題，都還是精神飽滿的。

傅華心中明白，這段時間不但自己在煎熬，徐正的日子怕也過得很不好。自己煎熬，是一種無能爲力、不能幫吳雯抓到兇手的煎熬，雖然自責，終究沒做什麼虧心事。徐正這個樣子則是說明他是真的是害怕了，雖然傅華不知道他是問心有愧，還是怕被警方抓到、追究他的刑事責任。

徐正不說話，傅華也不好說什麼，只能跟著他到了海川大廈，安排他入住下來。

傅華送徐正進了房間，然後說：「徐市長，我跟您彙報一下明天的活動日程安排吧。」

徐正揮了揮手，說：「你不用跟我講，跟劉超講就好了。我很累了，想要休息一下。」

看來徐正連聽彙報的心緒都沒有，傅華心中不由得懷疑徐正這次來北京究竟是想幹什麼，既然煩躁到這個樣子，那對明天的推介和招商活動應該更沒心情參加才對，怎麼又會不遠千里跑到北京來主持這個活動呢？

這有點說不通，除非徐正來北京有別的目的。

傅華想不通徐正的行徑，但有些招待工作還是需要做的，便說：「那晚飯怎麼安排？」

徐正說：「晚飯你不用管我了，我已經有安排了。行了，你們出去吧。」

傅華就和徐正的秘書劉超一起離開了徐正的房間，傅華和劉超敲定了明天徐正的行程，這才離開。

傍晚時分，已過了下班時間，傅華卻沒有離開辦公室，徐正雖然說晚上另有安排，但這些領導們有時候說不定會突然改變主意，如果到時候找不到自己，那又是一堆的指責。傅華為了避免這種狀況的發生，只能留在辦公室駐守，等徐正晚上的安排妥當了之後才離開。

七點多，一輛豪華轎車停在海川大廈門口，一個熟悉的身影下了車，竟然是磊實藥業的陳磊。

傅華記得陳磊是在駐京辦新春聯誼會的時候跟徐正搭上線的，想不到兩人私下的聯繫還沒斷，只是不知道徐正這一次專門跑到北京來見陳磊究竟是爲什麼。

過了一會兒，傅華在窗前看到徐正、劉超跟著陳磊走出了海川大廈，上了陳磊的車，車子很快開走，消失在夜幕當中。

第二天，海川土特產品和旅遊資源推介和招商會正式召開，在記者招待會上，經過了一晚休息的徐正精神好了不少，慷慨激昂的宣講著海川土特產品以及旅遊資源的優點，號召各方力量都踴躍到海川去投資。

雖然徐正多少恢復了一些以前的神采，可是傅華還是從他的身上看出了徐正是在強撐著，以儘量把這場秀表演的完美。

記者招待會結束之後，徐正並沒有馬上就離開，而是在會場上做起了服務員，向來參觀的人們推介起海川的特產來了。

傅華在會場上，跟徐正一樣做著介紹。記者們給他們拍了幾個特寫，然後就各自回去發稿了。

記者們離開後，專門被邀請來參加的嘉賓們也先後離開，會場一下子冷清了下來，徐正看看再也沒什麼人進來，就先行離開了。這場招商推介會就結束了。

傅華回到駐京辦時，劉超找了過來，說徐正明天在北京還有事情，一時難以離開，讓傅華把原來訂好的機票改到後天。

傅華愣了一下，說：「徐市長又有什麼活動？需要駐京辦配合嗎？」

劉超說：「徐市長是要會見一下朋友，不需要駐京辦配合什麼。」

傅華不好再問什麼，便將徐正訂好的機票改到了後天。

中午吃完飯之後，徐正就回房間了，下午都待在房間裏休息，晚飯也是安排到房間裏吃的，傅華心中更加疑惑，如果有什麼需要見的朋友，爲什麼不安排在下午？徐正又是要見什麼朋友呢？

第二天一早，傅華就到徐正的房間內，詢問徐正有沒有什麼需要駐京辦做的，徐正看了傅華一眼，說：「我今天有些私人行程，駐京辦這邊就不要管了。」

傅華說：「那需不需要安排車？」

徐正說：「不用了。」

說話期間，傅華注意到徐正的眼圈發黑，哈欠連天，神態萎靡，就像病了一樣。看來這一晚他是沒睡好的。聯想到徐正在推介招商會上也是強打精神，心中越發對徐正多留在北京一天想要幹什麼感到好奇。

可是徐正既然說不用駐京班的車，也就是不想讓駐京辦知道他的行蹤，傅華一時也很難知道徐正留在北京真正要幹什麼。

九點多時，陳磊的車再次出現在海川大廈門前，徐正跟著陳磊離開了。

正當傅華猜想徐正跟陳磊究竟是去幹什麼的時候，他的電話響了起來。傅華看看，竟然是張琳的號碼，連忙接通了：「張書記，您好。」

張琳說：「你好，小傅啊，我接到了徐正同志的電話，說他要在北京多待一天，怎麼了，出什麼問題了嗎？」

傅華說：「沒有哇，沒什麼問題啊，徐市長說他有一些私人行程，所以要多留在北京一天。張書記您怎麼這麼問？」

張琳笑笑說：「小傅啊，你不要緊張。是這樣，這一次鴻途集團的事情，徐正同志受了處分，很受打擊，我看他始終打不起精神來，壓力很大。原本他突然說要去北京主持推介招商會，我還很吃驚，開始還不想讓他去，後來一想，讓他到北京來散散心也好。現在他突然又說要在北京多待一天，我懷疑是不是他在北京出了什麼狀況了，所以就打電話給你問一下。」

傅華笑笑說：「沒什麼狀況發生，倒是可以看出徐市長精神有點不佳，其他一切正常。」

張琳說：「那就好，小傅啊，你在北京要照顧好徐正同志。」

傅華說：「這是我的工作，我會做好的。」

張琳說：「小傅啊，你有這個態度就好。這一次鴻途集團的事情，你也被記過處分，我知道這對你來說有點冤枉，不過，徐正同志作爲市領導，是必須要這麼做的，你對他不要有意見。」

傅華說：「鴻途集團這件事我們駐京辦確實有責任，我這個主任肯定是要負責的，所以我被記過也是可以接受的。」

張書記笑說：「我就猜到你會這麼說，你這個態度就對了。好了，繼續幹好工作吧，市裏面都在看著你呢。」

第四章

午夜夢魘

每逢睡到深夜，徐正總感覺胸口被什麼壓住了似的透不過氣來，
他便會被這種窒息的感覺憋醒。
憋醒之後，看著四周黑漆漆的一片，他就會更加聯想到死去的吳雯，
恐懼害怕讓他無法再睡，往往是開著燈直到天亮。

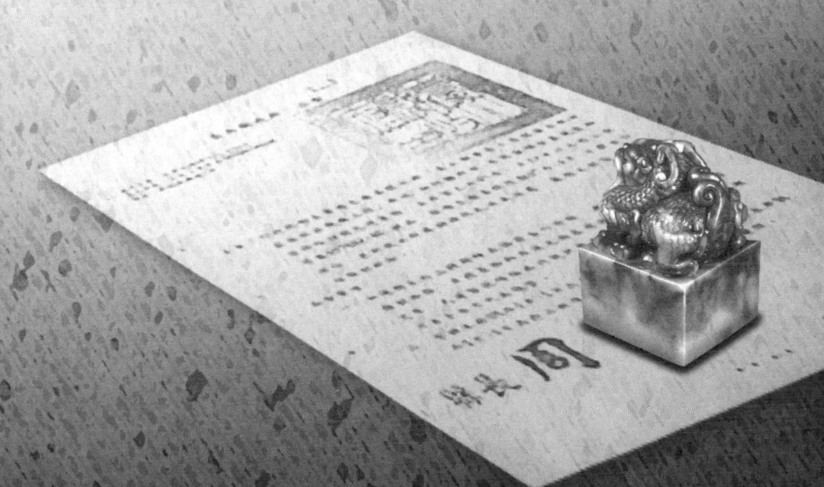

張琳以爲徐正是因爲受了處分才變得萎靡不振的，其實他猜錯了，徐正的萎靡不振另有原因，雖然受處分對他來說也算是一個打擊，可是仍然在他可承受的範圍，他萎靡不振的原因是在吳雯身上。

一向以來，徐正做事都是很謹慎的，這麼多年，他並不是沒做過違反法規和紀律的事情，可因爲他的謹慎，使他能平安的度過每一次的危機，所以在孫永和他鬥法的過程，孫永那麼費盡心機，仍然很難找到徐正的把柄。

但是吳雯這件事情，讓徐正以前所有的謹慎都可能做了無用功，他不得不擔心凶手可能留下什麼蛛絲馬跡，從而害自己的犯罪行爲暴露。

這已經夠讓他膽戰心驚的了，可是更令他害怕的是，一個原本活生生如花似玉的女人，就這樣死去了，而且是被他害死的；最主要的是，這個女人曾跟他親密的相處過很長一段時間，徐正彷彿還能嗅得到她的氣息，讓他一時很難相信這個女人死去了。

這些因素加到一起，給徐正造成了很大的精神壓力，他就得了一個毛病，每逢睡到深夜，他總感覺胸口被什麼壓住了似的，透不過氣來，他便會被這種窒息的感覺憋醒。

憋醒之後，看著四周黑漆漆的一片，他就會更加聯想到死去的吳雯，恐懼害怕讓他無法再睡著，往往是開著燈直到天亮。

這種狀況一再發生，讓徐正一度認爲是自己的身體出了什麼狀況，便去醫院做了全身的檢查，可是查來查去，除了有些睡眠不足外，徐正的身體狀況很好，很健康。

醫院的醫生診斷說，可能是徐正睡覺的時候胳膊壓住了胸部，造成呼吸不暢，或者日間精神高度緊張，因此才會有這種狀況。醫學上這叫夢魘，也就是民間所謂的「鬼壓身」。

徐正詢問醫生如何治療，醫生說不要過於操心工作，精神愉快，就不會有夢魘現象。再是選擇側臥睡眠，因為會不自覺讓胳膊壓住胸部的，通常都是發生在仰臥的時候。

徐正聽到這裏，對醫生的診斷產生了懷疑，他一向是習慣晚上側臥睡覺的，又怎麼會不自覺的讓胳膊壓住了胸部呢？這無法解釋啊。因此徐正又跑到了東海省立醫院又做了一遍檢查，結果還是一樣，省醫院的醫生跟海川市醫院的醫生說法一致，都是一致建議讓他調劑精神，不要仰臥睡覺。

至此，徐正不再相信醫生給他開的治療方案，他覺得自己的病因不在於仰臥睡覺，也不在於精神緊張，而是真的像是被鬼魂壓住了身體；而這個鬼魂，不是別人，正是死去的吳雯。

徐正是疑心生暗鬼，越是聯想，越是害怕，這種狀況就更加惡化了，晚上開始噩夢連連。

他的夢很詭異，時常夢到自己在跟吳雯親熱時的情形，卻往往在他最興奮的時候，吳雯的眼睛就突然鼓了出來，七竅流血，嘴裏喊著：「徐正，還我命來。」徐正就會被嚇得大叫一聲醒過來，再也不敢閉上眼睛。

於是就更加惡性循環，弄到最後，徐正只要一閉上眼睛，就會看到吳雯眼睛鼓著、七竅流血的樣子，鬧得他到最後都無法睡覺了。

最令徐正苦悶的是，他這種狀況還沒辦法跟別人講，甚至連他的妻子也不敢告訴，他害怕被妻子知道是自己害死了吳雯。

徐正明白這種狀態不能再持續下去，如果再這樣子，他遲早會崩潰的，必須趕緊想辦法解決。於是徐正想到了去找高人降妖除魔。

一開始徐正想要劉康幫他在北京找這種人，可是很快他就打消了這種念頭，劉康來海川之前，他的一切都是可控制的，是劉康搗亂了這一切，先是吳雯偷錄了兩人在一起的錄影，接著又是吳雯被殺，這讓他一再要面對難以控制的局面，這個劉康還真是害人精啊。

再是徐正也信不過劉康，劉康是一個唯利是圖的小人，如果在這期間他設計個什麼圈套，讓自己去鑽，那就糟了。

徐正就想到了磊實藥業的陳磊，陳磊在北京打拼多年，應該對北京很熟悉，如果真有這樣的人，陳磊應該知道。最關鍵的是，陳磊身在北京，遠離海川市，有利於徐正對這件事情保密，畢竟他是一名政府官員，如果傳出去他找人爲自己驅鬼，那對他來說更是一件不光彩的事情。

徐正就撥通了陳磊的電話，他跟陳磊一直有聯繫，對陳磊在海川的一些親戚也有所關照，因此關係算是不錯。

陳磊接了電話很高興，問了徐正好，然後問徐正打電話來有什麼事。

徐正有些不好說出口，東拉西扯了半天，最後才問陳磊認不認識一些身上有著某種神通的人。

起初，陳磊還以爲徐正讓他找官場上有神通的人，就說自己跟北京官場上的人並無什麼交往。徐正見他誤會了，這才說想要找一個懂易經的高手跟自己交流一下。

陳磊恍然大悟，說：「是這樣啊，我倒是認識一個大師，生意上的事情常請教他，很靈驗，可以幫你聯繫一下。」

徐正很高興地說：「那好，你幫我請大師到海川來一趟，所有的費用我來負擔。」

陳磊有些爲難，說：「徐市長，不行啊，以前還行，但今年開始，這個大師很少出京了，他上了年紀，家人不放心他的身體，怕舟車勞頓會損害大師的健康，所以對要求出京的，一向都是婉言謝絕。我跟他們家不是太熟，怕是約請不出來。」

徐正對這種可能救他於水火的人，自然是很渴望馬上就見到，既然大師不肯出京，那他也就只好去北京了。

陳磊說：「對啊，你過來吧，這邊我來安排。」

一個市長的行動並不是很自由的，徐正要去北京，必須要告知相關部門去的理由，正好海川在北京要舉行土特產品推介和招商會，徐正就決定提高這次推介會的級別，自己帶隊出席。

陳磊幫徐正跟大師約了時間，由於大師精力有限，只在上午見客，迫使徐正不得不在北京多待一天。

爲了掩人耳目，他並沒有事先跟駐京辦講他要多待一天，而是後來更改行程，似乎是臨時起意才有的安排。同時，爲了不讓傅華知道自己去北京的真實目的，徐正只讓陳磊來安排行程，甚至不讓秘書劉超知道自己究竟要幹什麼。

在陳磊的車上，徐正問陳磊：「這個大師不是騙人的吧？」

陳磊說：「當然不是啦，這個大師真的很厲害，好多京外的人士都知道他，慕名上門求見的人很多，今天上午還是我好不容易才約到的。我跟大師的兒子好一頓講，說徐市長您只能在北京待這一天，他才把一名約好的人推到了明天去。」

徐正說：「但願這位大師真的很靈光。不知道他怎麼稱呼？」

陳磊說：「這位大師的名字叫王畚。」

徐正笑笑說：「這名字好怪。」

車子停在了京郊一戶四合院門前，進去之後，徐正就看到一位年歲很大，鬚髮皆白，面色紅潤的老人，徐正心中對老人有一種仙風道骨的感覺，看來這就是王畚了，此刻便對王畚有了幾分信任。

王畚看到徐正和陳磊進來，站起來雙手合什，道了一句幸會，然後就請陳磊和徐正坐了下來，王畚的兒子送了茶進來。

陳磊說：「大師，這位是我的朋友徐正徐先生，慕名而來，想向大師請教。」

王畚笑笑說：「一點虛名，當不得真的。」

徐正說：「大師啊，我是從外地專程赴京的，一片誠心，還望不吝賜教。」

王畚上下打量了一下徐正，徐正被王畚銳利的眼神刺了一下，心虛的低下了頭，心說這老傢伙的眼睛好毒啊。

王畚說：「賜教就不敢了，有什麼事情可以說出來，相互探討一下。」

徐正說：「好的，先謝謝大師了。」

王畚笑笑說：「不要這麼客氣，還不知道能不能幫到您呢。什麼事情啊？」

徐正就看了看身旁的陳磊，說：「我想單獨跟大師談一談，是不是請你回避一下。」

陳磊立刻說：「應該的，你們談。」陳磊就出去了。

徐正說：「大師啊，我最近時常做噩夢，夢中總有一個惡鬼糾纏我，鬧得我不得安生，大師可有辦法救我？」

王畚又看了徐正一眼，徐正再次碰到了他銳利的眼神，趕忙躲開了。

王畚笑笑說：「孔子說不知生焉知死，夫子這種聖人都不敢確定是否有鬼，你又怎麼能確定這世界上有鬼呢？」

徐正說：「我做過全面的身體檢查，確定我身體沒什麼問題，我現在的狀況找不出別的解釋來啊。」

王畚開導說：「鬼神這種東西是信就有，不信就沒有的。徐先生，你確定你相信這一門道嗎？」

徐正猶豫地說：「這個……」

確實，直到現在，徐正對鬼神和眼前這位大師都是半信半疑的，他一方面想從王畚這裏尋求解脫之道，另一方面，心中對王畚的能力卻不無懷疑，雖然王畚有一種仙風道骨的味道，可終究也是凡人，他真能幫自己解脫災難嗎？

王畚見徐正語塞了，笑了笑說：「宗教界有一句話，信則靈，也就是說，你要相信你所禱告的神靈，如果你自己心中不相信，那你也無法從你所求告的神靈那裏得到救贖。徐先生，我看得出來，你對來我這裏心裏是矛盾的，想從我這裏尋求解脫災難的辦法，又懷疑我是否有這種能力。好吧，我告訴你，我沒這種能力，你回去吧，今天就當你沒見過我。」

徐正有些尷尬的說：「大師啊，你別對我有意見，我不是不相信你，而是我現在腦子全亂了，也不知道該相信什麼了。你能不能告訴我，我這個狀況究竟是什麼原因啊？」

王畚笑笑說：「你要知道原因我可以告訴你，你說的鬼不在別處，而是在你心中。至於爲什麼會在你心中，我想你自己是知道原因的，就不用我說出來了吧？」

徐正此刻真是可以用震驚來形容，他腿一軟，差一點從椅子上滑到地上，心說這個王畚還真是神了，他跟自己坐到一起還不到五分鐘，便對自己做噩夢的原因洞若觀火，他心中認爲自己是被吳雯的鬼魂糾纏上了，這個原因他沒對任何一個人講過，而這個白鬍子的老頭卻知道的這麼清楚，這沒有別的解釋，肯定是他推算出來的。

王畚說完，閉上了眼睛，說：「徐先生，原因你也知道了，就請離開吧。」

徐正哀求說：「不要啊，大師，你說的原因真是太對了，我相信你了，還請大師想辦法救救我吧。」

王畚搖了搖頭，說：「有些時候，一個人做的事情太過分，會傷陰德的，徐先生，你做的事情就是太過了，甚至連過分都不足以形容，我怕也是很難幫你什麼了。」

徐正聽到這裏，心裏嚇壞了，撲通一下跪倒在王畚面前，說：「大師，你真是太神了，我求求你，救救我吧。」

王畚連忙去攙扶徐正，說：「徐先生，你別這樣，快起來。」

徐正說：「大師，求求你了，你就救救我吧，再這樣下去，我就完蛋了。」

王畚說：「我不是不想救你，可是這件事情你做的確實太不應該了，我也無能爲力啊。」

徐正不肯起來，再三求道：「大師，既然你已經看出來了，就一定有辦法的，求求你了，救救我吧。」

王畚一再攙扶徐正，徐正就是不肯起來，無奈的說：「好吧，我勉爲其難的試一試，你先起來。」

徐正看了看王畚，說：「大師，你想到辦法了？」

王畚說：「辦法是有一個，是我師傅教給我的，他當初跟我說，這個辦法需要兩方面的配合，一旦配合不好，反而會傷了施法人自身，所以不可輕易使用。」

徐正說：「那大師需要什麼配合啊？你跟我說，我一定想辦法做到。」

王畚說：「你先起來，聽我慢慢跟你說。」

徐正聽說有了方法，就不再賴在地上了，他站了起來，坐到椅子上，說：「請大師指點。」

王畚嘆了口氣，說：「我師傅教給我的是一種符，叫解冤符，是爲解開兩造之間因爲怨恨糾纏而畫的一種符，我師父之所以叫我不可輕易使用這種符，是因爲它需要求符的人真心悔過，而施符的人需要爲了求符的人在冤魂面前作擔保才能見效的。如果這兩點做不到，卻使用了這道符，那可能不但沒效，甚至反噬連累施符的人。」

徐正苦苦求說：「大師，我是真心悔改的，你就幫幫我吧。」

王畚正色說：「你不要以爲我說的這些是在騙你啊，這道符真的不能輕用的，我師父再三交代過的，而且終我師父一生，我都沒見過他用這道符。」

徐正說：「大師，你要我怎麼做才能相信我是真心悔改的？」

王畚說：「你不用做什麼，只要你能確信自己是做錯了，是真心要悔改，那我就相信你。」

徐正立刻說：「我可以向上天發誓，如果我徐正不真心悔改，不得好死。」

王畚笑了，說：「你如此輕易地以上天的名義起誓，冥冥中自然有一種看不見的力量，它會把你的誓言當真的。」

徐正堅決的說：「我不怕，我是認真的。」

王畚說：「既然你這麼堅決，好，老夫就爲你試一試這道解冤符。」

王畚就拿出一張黃色的宣紙和筆墨，嘴裏念誦著：

「人道渺渺，仙道茫茫。鬼道樂兮，當人生門。仙道貴生，鬼道貴終。仙道常自吉，鬼道常自凶。高上清靈美，悲歌朗太空。唯願天道成，不欲人道窮。北部泉苗府，終有萬鬼群。但欲遏人算，斷絕人命門。阿人歌洞章，以攝北羅酆。束誦妖魔精，斬馘六鬼鋒。諸天氣蕩蕩，我道日興隆。」

王畚一邊念誦，一邊在黃紙上寫著一些似字非字，似畫非畫的東西。

過了一會兒，王畚畫完，將黃紙和筆遞給了徐正說：「你把你來求我的原因寫在後面，然後包起來。」

徐正把紙和筆接了過來，看了看王畚，說：「大師，非要寫啊？」

王畚說：「你不寫要求告什麼，我這個冤如何給你解？放心吧，你寫好後把它包在裏面，馬上我就會燒掉，不會知道你寫了什麼的。」

徐正聽完，就躲在一邊，把自己對吳雯出事的後悔以及請求吳雯原諒的字樣寫在了後面，然後按照王畚的指示，把他寫的內容包在裏面，然後遞給了王畚。

王畚點著了三支香，插到案几上的香爐裏，手指做劍狀指著徐正包好的紙包，念道：「臨兵斗者皆陣列於前」，念完，將紙包點燃，晃動了幾下，讓紙包燒成了灰燼。做完這一切，王畚長出了一口氣，說：「還好沒出任何差錯，糾纏你的冤魂已經離開，你放心回去吧。」

徐正也長出了一口氣，心頭頓時有一種輕鬆的感覺，連忙說：「謝謝大師了。」

王畚笑了笑說：「不用客氣。」

徐正這時有了精神，便好奇地問道：「大師，你在寫符的時候，念的是什麼經文啊？」

王畚笑笑說：「那是《度人經》中的第一欲界飛空之音，這《度人經》有溝通陰陽的功能，要解冤非得先念誦此經不可。」

徐正想想也對，人鬼是陰陽兩隔，不先念經陰陽溝通一下，倒是很難能夠解得開冤孽。

徐正對王畚更加信賴，便提出想要王畚跟他去海川一趟，幫他看看辦公室的風水，看看王畚能不能在風水上幫他解決這個問題。

王畚搖了搖頭說：「不行啊，老夫上了年歲，家人已經不放心我出行了。」

徐正笑笑說：「大師，幫人就幫到底吧。」

王畚說：「要不這樣吧，我再給你畫一道平安符，你放在辦公室中間的抽屜裏，保證你諸邪莫侵。」

王畚就又給徐正用黃紙畫了一道符，教給了他擺放的方式，徐正千恩萬謝，把符收下了。

這一趟，徐正感覺十分滿意，留下了一份厚厚的賻儀才離開。

在回去的車上，徐正自覺跟吳雯的冤孽已解，心情輕鬆了下來，他已經多日沒睡個好覺了，竟然在車上就睡著了。

再睜開眼睛，車子已經停在了路邊，陳磊笑著看著他，說：「醒了，徐市長？」

徐正雖然睡得頭昏昏的，可是這一覺竟然一點噩夢都沒做，心中不由大喜，看來自己這一趟真是來對了，一塊心病就這麼被大師給解決了。

徐正笑了笑，說：「不好意思啊，這幾天實在太睏，沒想到竟然在車上睡著了。」

陳磊笑說：「您真是一個好市長啊，竟然操勞到這種程度。」

徐正笑笑說：「可別這麼說，好了，這是哪兒？」

陳磊說：「快到駐京辦了，我看您睡得很香，就讓司機把車停下來，讓您好好休息一下。」

徐正笑笑，說：「謝謝你了。」

陳磊就將徐正送回了駐京辦，徐正對陳磊十分的感激，說：「這一趟真是謝謝你了，回頭你回海川一定要來找我啊。」

陳磊說了聲不客氣，就和徐正分手了。

徐正回到海川大廈，就躲在房間裏酣睡，他的心病去了，睡得自然十分甜美，離開北京時，他已不復那種萎靡不振的樣子了，而是精神抖擻，連傅華都感覺奇怪，不知道是什麼扭轉了徐正的心情。

晚上，傅華去了趙凱家。這段時間他和趙婷一直住在這裏。趙凱和趙淼晚上有應酬還沒回來，吃飯的時候只有趙婷和她媽媽。

傅華注意到趙婷的臉色一直陰沉著，也不太說話，他以爲是這些日子趙婷在父母家住得不開心，也沒在意。

吃完飯，趙婷對傅華說：「你跟我來一下。」

傅華就跟著趙婷進了臥室，問道：「什麼事情啊，還怕人聽啊？」

趙婷從梳粧檯上拿起了一份報紙，塞給傅華說：「你看看，跟我解釋一下這是怎麼回事？」

傅華一看，是一份北京晨報，並沒有在意，笑著說：「你要我看什麼啊？」

趙婷翻開報紙，指著其中一條說：「你看看這個。」

傅華見上面的標題寫著：「絕色花魁被殺，案情撲朔迷離。」傅華愣了一下，絕色花魁不用說是在說吳雯了，看來有人向新聞界曝露了吳雯被殺的消息。

再細看下面的內容，先是簡要的介紹了一下案情，說在某社區一位漂亮的女子被人捂住口鼻窒息而死，警方經過調查發現，死者竟然是仙境夜總會以前名噪北京城的花魁。

報導又說，案發的房子裝飾豪華，警方盤點花魁的財產，竟然達數百萬之多。然後是一些花魁以前在仙境夜總會的傳聞和軼事，說什麼富翁不惜百萬只想花魁陪自己一夜，什麼高官拜倒在花魁的石榴裙下……

最後，報導說如此美貌和聰明的花魁被殺，為情乎？還是為利乎？因為花魁的社會關係複雜，給警方的偵破工作製造了一定難度，案情撲朔迷離，一時還難以搞清楚。

傅華看完報導，心中的第一反應是，這條消息一定是劉康安排在報紙上發出來的，目的很簡單，就是混淆警方偵查的視線。

不過，趙婷讓自己看這條消息幹什麼？他心中有些疑惑，便抬頭看了看趙婷，問道：「怎麼了，這不過是一條報紙上的八卦新聞，你要我解釋什麼？」

趙婷火了，說：「解釋什麼？你還不清楚嗎？報紙上說那個被殺的女人是個交際花，你又跟她這麼熟，你不覺得你應該好好解釋一下你們是在什麼情況下認識的嗎？」

傅華愣住了，原本他以爲吳雯的事就這麼過去了，從來沒想過趙婷會懷疑自己跟吳雯有什麼關係，便說：「小婷，你不相信我？」

趙婷冷冷的說：「我原來是很相信你，一直也都認爲我跟你之間並沒有什麼秘密，我所有的一切對你都是透明的，我認爲你對我也應該是這樣，可是突然之間蹦出這麼一個吳雯來，不但害得我自己的家回不去，甚至還讓我發現你對我隱藏了這麼多秘密。一開始我覺得你是爲了保護我，才不讓我知道的，現在我才知道，吳雯根本就是一個妓女，你除了在夜總會認識她，還能在別的地方認識她嗎？你是爲了隱藏你跟她之間鬼混的關係才對我保密的。傅華，你騙得我好苦，你還讓這個爛女人跟我做朋友，讓她進入到我的生活中，是不是還想製造機會一起鬼混啊？你真是太過分了。」

傅華急說：「小婷，你想錯了，我跟吳雯之間沒有那種關係，我跟她認識也不是在夜總會那種場合。」

趙婷說：「別騙我了，除了那種場合，你又能在哪種場合認識她？」

傅華說：「是她找去駐京辦，想要回海川投資，我們才認識的。」

趙婷氣說：「你當我傻瓜啊，如果你們的關係那麼疏遠，她會出手救你？」

傅華無奈地說：「你要我怎麼說才相信啊？我跟吳雯之間真是清清白白的。」

趙婷說：「你說什麼我都不信，你這個人夠會演戲的，裝得一副道貌岸然，其實私底下是這麼骯髒，竟然去跟一個妓女鬼混。」

傅華這段時間因爲無法幫吳雯找到兇手，心裏一直憋著一股火，此刻見自己身邊最親近的人也來懷疑他，越發感覺鬱悶，他煩躁的叫道：「小婷，我沒有騙你，我跟吳雯之間真的是清白的，我們是朋友，不是你想的那種關係。」

趙婷叫說：「你跟一個妓女能清白？打死我也不相信。」

傅華伸手抓住趙婷的雙肩，說：「小婷，你冷靜一下好不好？妓女也不都是壞人啊，更何況我碰到吳雯的時候，她已經離開了仙境夜總會。」

趙婷卻使勁的掙扎想要掙脫，叫道：「你放開我，別用你碰過妓女的手來碰我，我嫌髒。」

趙婷口口聲聲說吳雯是妓女，還嫌自己髒，傅華到此刻心中壓抑的火氣再也克制不住了，他放開了趙婷，叫道：「好，我不碰你，我能碰你嗎？你趙大小姐多麼高貴啊，多麼高人一等，我這麼一個髒人又怎麼可以玷污呢？」

趙婷也絲毫不讓步，衝著傅華嚷道：「對，我就是比一個跟妓女鬼混的傢伙高貴。」

傅華血一下衝到了頭頂，也失去了理智，叫道：「你不要來冤枉我，我沒你想得那麼齷齪，我跟吳雯之間問心無愧。」

趙婷說：「別演戲了，鬼才相信你們呢。」

傅華說：「你這是在胡亂猜忌，你把我想成什麼了？」

趙婷說：「你根本就是那個樣子，不是我想的，也不知道當初我怎麼瞎了眼了，看上了你這麼個傢伙。」

傅華越發火了，他本來娶趙婷這個富家千金就有很大的心理壓力，趙婷這麼說，越發讓他感覺自尊受了傷害，便叫道：「你不用拿出一副公主下嫁的樣子來，我傅華比你也沒差什麼。」

趙婷本來已經很委屈了，看傅華這種跟自己叫板的樣子，更加火冒三丈，口不擇言的叫道：「還沒差什麼，你住的房子、開的車子，哪一樣不是我爸爸給你的，你以爲是你有本事自己賺來的？」

這下子達到了傅華容忍的極限，傅華知道在外面很多人都在自己背後指指點點，說他是靠岳家發達，他的一切風光都是岳父趙凱給他的，這讓他心裏很不好受，不過他尙且能夠容忍，因爲當初他和趙婷結婚的時候，趙凱已經提醒過他，一定會有人在背後這麼議論的，如果他不能承受，乾脆就不要跟趙婷結婚。傅華相信自己能夠承受這一切的壓力，也因爲愛趙婷，所以他選擇跟趙婷結婚。

可是現在說這種話的是趙婷，他無法承受自己妻子的藐視，他看了看趙婷，心裏氣到了極點，不知道該如何去回答她了。

趙婷此時已經失去了理智，剎不住車了，她並沒有察覺傅華已到了火山爆發的臨界點，仍然叫道：「怎麼了，看我幹什麼，我說的不是事實嗎？」

傅華無法再忍耐下去，反而平靜了下來，說：「對，是事實，不過我告訴你，趙婷，這一切對我來說並不重要。」說著，傅華拿出了自己的鑰匙，把上面的車鑰匙和家裏的房門鑰匙摘了下來。

趙婷看到傅華開始摘鑰匙，腦子稍微冷靜了些，她知道傅華的脾氣，感覺到自己有些過火了，她很想說兩句挽回的話，可是心中又很氣傅華跟吳雯之間纏夾不清的關係，加上她的脾氣也是嬌縱慣了，因此只是看著傅華，挽回的話就在嘴邊卻並沒有說出口。

傅華心中也有些猶豫，這時候如果趙婷說兩句軟話，也許傅華就會順坡下驢，也軟化下來，可是他看到趙婷只是冷冷的看著自己，一點和緩下來的意思都沒有，他就更加惱火了，心說我們總是做了幾年的夫妻，你這個樣子，一點臺階不給我下，說明你真是想趕我走了。

傅華便不再猶豫，把摘下來的鑰匙放到了梳粧檯上，轉身就往外走。

趙婷見傅華很決絕的要離開，越發惱火，她覺得整件事情根本就是傅華的錯，傅華不但絲毫沒有認錯的意思，反而給自己臉色看，想離家出走，本來想挽回的意思也沒有了，一把抓起鑰匙，狠狠地扔向了傅華，叫道：

「你給我滾，我不想再看到你了。」

傅華臉色鐵青的出了房間，岳母聽到了動靜過來問傅華：「你們在鬧什麼啊？」

傅華苦笑了一下，說：「沒事，我出去一下。」

岳母勸說：「傅華，你不要跟小婷……」

傅華打斷了岳母的話，說：「媽，我們沒事，我出去透口氣。」說完，傅華也不去看岳母的臉，頭也不回的走出了趙凱家。

下了樓，傅華習慣性的走向自己的車子，拿鑰匙的時候，才意識到自己已經把鑰匙還給趙婷了，便苦笑了一下，轉身走出了社區。

喪家之犬

傅華苦笑了一下，說：「你怎麼知道我被趕出了家門？」

曉菲笑說：「你垂頭喪氣的，惶惶猶如喪家之犬，又衝著我叫什麼有錢人了不起啊什麼的，除了跟你那個有錢的老婆吵架之外，我還能得出別的什麼結論來嗎？」

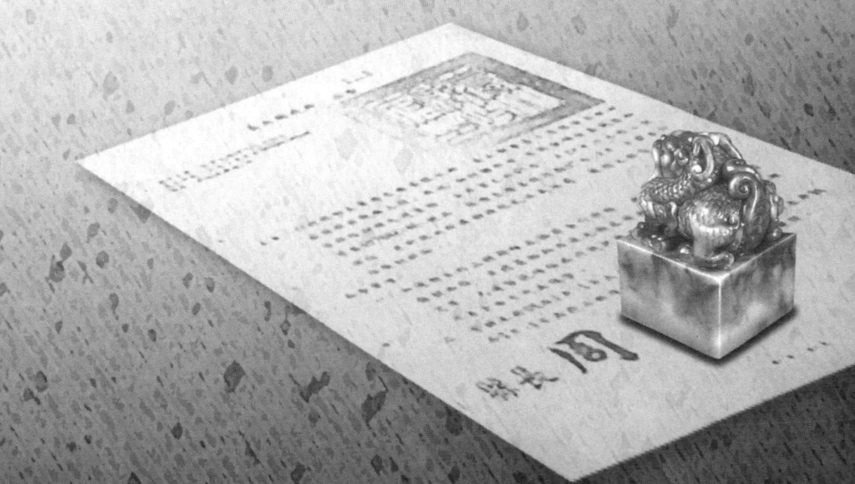

馬路上燈火通明，街上的行人你來我往，或悠閒，或匆忙，並沒有人注意到站在街頭滿心沮喪的傅華。

傅華茫然的看了看四周，家是回不去了，他已經沒有進那個家門的鑰匙，而且就像趙婷說的，那裏幾乎每一樣東西都是趙凱出錢買的，那裏對他來講不再是溫暖的家，回去對他來說只是一種羞辱。

可是去哪裡呢？傅華想了半天，竟然想不出自己此刻要到哪裡去！

還是找人出來喝酒吧，傅華想了一下，先撥給了同學江偉。

江偉接了電話，笑著說：「找我幹什麼？」

傅華聽到電話那邊嘈雜的聲音，便問道：「你在幹什麼？」

江偉說：「跟朋友在一起喝酒呢，你找我什麼事啊？」

傅華說：「沒事啦，我本來也想找你喝酒的，既然你已經在喝了，那就算了。」

江偉擔心地說：「喂，你沒事吧，我怎麼聽你的聲音有些不對勁啊？」

傅華故作平靜地說：「我沒事。」

江偉說：「要不你過來吧，就幾個朋友，一塊熱鬧一下。」

傅華卻不想去，這時候，他很想找一個知己的朋友單獨在一起喝喝悶酒，倒倒苦水，而不是湊什麼熱鬧。便說：「算了吧，你喝你的吧，我再找別人。」

傅華又打給賈昊，沒想到賈昊也在酒桌上應酬。

想想也是，現在這時候正是酒宴的高峰期，但凡有點能力的基本上都在酒桌上了，又哪裡找得到人陪自己喝酒，傅華無奈的掛了電話。

傅華不禁有些悲哀，在這最難過的夜晚，偌大的北京城，他竟然找不到一個可以陪自己消愁的朋友。

傅華在街上漫無目的的走著，他不知道自己的方向在哪裡，也不知道今晚他將停留在何方，他腦海裏一片茫然，只是毫無目的的往前走著。

傅華此時心中感覺十分無力，吳雯被殺，他明明知道兇手是誰，卻絲毫拿不出辦法來證明。劉康用吳雯的身分來轉移警方視線，他不但沒有應對之策，反而讓趙婷對自己心生懷疑，導致現在被趕出家門。傅華心中完全沒有了自信，他連妻子都無法掌控，他這樣的男人還算是男人嗎？

身後突然有個女生嬌滴滴地叫道：「哥哥，你是一個人吧？」

傅華愣了一下，回頭看了看，只見一個身穿白上衣牛仔褲的俏麗女子跟在自己身後不遠處，便說：「你在叫我嗎？」

女子笑了笑，說：「是啊，我跟在哥哥後面有一段時間了，我看哥哥有一點落寞啊，是不是一個人很孤單啊？」

傅華說：「我們認識嗎？」

女子說：「不認識也可以認識啊，我看哥哥好像很苦悶的樣子，何不讓我陪陪你，給你解解悶呢？跟我走吧，到時候你想怎麼玩就怎麼玩，我保證讓你開心的。」

傅華聽到這裏，明白自己是遇到阻街的流鶯了，他心中有些荒謬的感覺，自己哪個地方像一個嫖客了？他搖了搖頭說：「對不起啊，小姐，你找錯目標了。」

女子並沒有停止糾纏，也許在這夜晚能夠碰到這樣一個穿著體面，又肯跟自己搭話的男子不容易，她笑笑說：「沒錯啊，我找的就是哥哥你啊。你放心吧，我那裏很安全，而且我保證讓你很爽的，跟我走吧。」

傅華有些哭笑不得，說：「小姐，我不感興趣。」

說著，傅華加快了腳步，想趕緊離開這個女子。

女子跟了傅華大半天了，不想就這麼放棄，仍緊跟在他後面說：「哥哥，我很便宜的，而且功夫一流。」

傅華見這女子糾纏不休，便有些煩躁，一面加快了腳步，一面向左右看了看，想找一輛計程車趕緊離開這裏。

馬路上的車流不少，卻沒有一輛是計程車，傅華心裏暗自叫苦，自己已經夠煩了，還要被這種流鶯糾纏，真是倒楣。

這時，馬路上忽然一輛轎車緩緩靠了過來，靠近傅華這邊的車窗搖了下來，一個女人嬌聲著說：「哥哥，跟我走吧，我保證讓你開心的。」

聲音很熟悉，傅華看向車裏，車裏曉菲俏皮的看著自己，傅華趕忙快步走向車子，打開門上了車，然後說道：「快走，快走。」

曉菲一踩油門，車子加速離開了。

那名白衣女子見傅華被人半路劫走，在車後忍不住大罵：「王八蛋，竟然從老娘口中搶食吃。」

曉菲看著後視鏡哈哈大笑，說：「傅華啊，我沒想到你竟然好這一口，要找也找檔次高一點的，街邊貨色也要啊？」

傅華笑說：「她我當然看不上，起碼要有豪華轎車才可以啊。」

曉菲叫道：「你竟然敢罵我是雞啊，你想找打嗎？」

傅華笑著說：「我可聽見剛才某人說『哥哥，跟我走吧，我保證讓你開心的。』說得跟那個街邊女人一樣，我不知道你們是不是還有區別。」

曉菲笑了，說：「區別大了，哪有開著豪華轎車當雞的？我這種樣子應該是在找鴨子的，怎麼樣，帥哥，包你一晚上要多少錢啊？」

曉菲是在跟傅華開玩笑，卻沒想到傅華當下的心境，傅華剛被趕出家門，趙婷說他住的用的都是她父親出錢買的話還在耳邊迴響，這時曉菲卻又說什麼豪華轎車、包養之類的，生生的戳到傅華的痛楚上，他的心情一下子又跌到了谷底，也沒去回答曉菲開玩笑的話，而是指了指路邊，說：

「好了，謝謝你幫我解了圍，你在這裏把我放下來就行了。」

傅華語氣中有些冷漠，曉菲轉頭看了傅華一眼，見傅華的臉色很難看，愣了一下，以爲是自己的玩笑惹惱了傅華，便笑著說：「不會吧，開幾句玩笑而已，你不至於生氣吧？」

傅華說：「我沒生氣，你把我放下就好了。」

曉菲問：「你怎麼了，我就開個玩笑而已，有必要這麼給我臉色看嗎？」

傅華心中也知道曉菲無辜，可是他此刻沒有心情跟曉菲解釋什麼，便說：「我不是那個意思，我只是想走走，你把我放下來，好嗎？」

曉菲這時注意到傅華的反常了，說：「誒，傅華，你今天的情形有些不對勁啊，你怎麼會出現在這裏？你的車呢？」

傅華煩躁的說：「我不想跟你解釋什麼，你馬上把我放下來。」

曉菲看了看傅華鐵青的臉色，說：「好好，我讓你下車。」

曉菲在路邊停了下來，讓傅華下了車。

傅華苦笑了一下，說：「對不起啊，我今天心情不好，你先走吧。」

傅華轉身上了人行道，曉菲卻並沒有馬上離開，而是慢慢開著車跟在身後。

傅華往前走了一段路，見曉菲像尾巴一樣跟在後面，心裏不由得更加煩躁，索性便停了下來，站在路邊不走了。

曉菲見傅華不走了，停下車，下車走到傅華身邊，看了看傅華，說：「你今晚究竟是怎麼一回事啊？」

傅華苦笑了一下，說：「曉菲，你能不能走你的路，不要來管我啊？」

曉菲說：「不行，不管怎麼樣，我們總是朋友，你這樣子我怎麼能放下心走開呢？」

傅華心中越發煩躁，說：「你別多事好不好？你管我幹什麼？」

曉菲關心地說：「傅華，到底出了什麼事，你跟我說嘛，你知不知道你的臉色很差，我很擔心啊。」

傅華再也壓不住心中的火氣了，衝著曉菲嚷道：「告訴你要你離開，你怎麼這麼囉嗦啊？你們有錢人了不起啊？什麼閒事都要管！」

曉菲被嚷愣了，半天才回過神來，她哪裡受過這個，也衝著傅華嚷道：「你別狗咬呂洞賓不識好人心，我管你是覺得你還算是一個朋友，你嚷嚷什麼，你以為自己了不起啊?好啦，從此我們就算不認識了。」

說完，曉菲轉身上了車，發動車子離開了。

傅華也知道自己做得太過分了，想喊住曉菲，可是喊住了要怎麼辦?他現在沒有心情再去跟曉菲解釋什麼，想想也就放棄了。

曉菲離開，傅華連往前走的心情都沒有啦，便在路邊坐了下來，茫然的看著前方，腦海裏一片空白，就這麼呆坐著。

也不知道過了多長時間，夜色越發黑了，馬路上的車流在減少，漸漸夜色開始靜謐下來，只有偶爾經過的車輛發出輪胎磨擦地面刺耳的聲音。

傅華知道夜已經很深了，他並不想就這麼在這裏坐一夜，便站了起來，繼續往前走，他想找一輛計程車去海川大廈，今晚還是先到海川大廈住一夜好啦。

此刻傅華已經平靜了很多，開始覺得自己的行徑有些可笑，天還沒塌下來，事情可以一件一件去解決嘛，殺吳雯的兇手總會被抓到，趙婷的誤會慢慢也總會解釋通的，自己有必要這樣嗎?人啊，有些時候鑽進了牛角尖還真是不可理喻。

走了幾步之後，傅華看到曉菲的車子停在路邊，曉菲下了車，站在車邊。

傅華心中感動了一下，這個癡情的女子對自己竟然這麼好，自己朝她大吼大叫，她還是不放心自己，靜靜地在這裏等候。

傅華走了過去，笑了笑說：「曉菲，你又何必管我這個差勁透頂的男人呢？」

「你這不是明知故問嗎？」曉菲看著傅華的眼睛說。

傅華的眼睛躲閃開了，他知道越是在自己跟趙婷鬧彆扭的時候，他越是不能招惹曉菲的這番情意，他怕克制不住自己，跟曉菲發生越界的事情，那樣子，對趙婷、對曉菲都是不公平的，便笑笑說：「好了，剛才是我不好，對不起了。」

曉菲看傅華躲閃她的眼神，心說你躲什麼，你又不是不喜歡我，便上來了倔勁，伸出雙臂就攬住了傅華的脖子，紅豔的嘴唇就湊了上來，想要強吻傅華。

傅華卻把頭扭開了，說：「曉菲，今晚不行。」

見強吻不成，曉菲氣惱的放開了傅華，叫道：「你這傢伙，總是這麼不識風情。你都被老婆趕出家門了，還這麼死板幹什麼？」

傅華苦笑了一下，說：「你怎麼知道我被趕出了家門？」

曉菲笑說：「你垂頭喪氣的，車子也沒了，惶惶猶如喪家之犬，又衝著我叫什麼有錢人了不起啊什麼的，除了跟你那個有錢的老婆吵架之外，我還能得出別的什麼結論來嗎？」

傅華笑笑說：「你既然知道，就應該懂得這個時候的男人最好不要招惹，否則真要做了什麼不好的事情，對誰都是不負責任的。」

曉菲聽了，說：「還以爲你的殼總算被打開了一道縫隙，我可以趁虛而入呢。這個時候你還想到責任，你都可以做聖人了。」

傅華笑說：「你別來譏諷我了，我是怕自己一時難以控制，做出令大家都後悔的事情。」

曉菲搖搖頭說：「好啦，怕了你了，不要講什麼大道理了，你現在要去哪裡？我送你。」

傅華苦笑了一下，說：「我想去海川大廈住一晚。」

曉菲說：「你這個樣子去海川大廈也睡不著，不如去我那裏喝酒吧。」

傅華猶豫著說：「很晚了，現在去你那裏不方便吧？」

曉菲笑了，說：「你不用害怕，我那裏已經正式營業了，現在正是熱鬧的時候，去喝酒正好。」

傅華笑說：「好吧，我今晚本來就想找人喝酒的。」

傅華上了車，曉菲發動了車子，調轉方向往她的四合院開去。

路上，傅華問道：「曉菲，你今晚怎麼會出現在這裏啊？」

曉菲說：「下午我跟姐妹出來一起逛街吃飯，其中一個姐妹住在這附近，我送她回家之後，就看到某人在街邊瞎逛，還跟阻街女郎搭訕，我心說這傢伙真是有出息，家裏放著如花似玉的老婆，還出來打野食吃。」

傅華哈哈大笑了起來，說：「我今晚也不知道怎麼就走到了這裏來了，那個女子跟我搭訕的時候，我還不知道是怎麼一回事呢。」

曉菲說：「你這個失魂落魄的樣子，肯定是跟你老婆吵得天昏地暗吧？」

傅華苦笑了一下，說：「一兩句話說不清楚，唉，女人啊，偏偏老愛往男人最痛的地方捅刀子。」

曉菲聽了，說：「看來還是一個很長的故事，好哇，今晚我們有談資了。」

說話間就到了曉菲的四合院，院子的各個角落點了幾盞宮燈，給人一種朦朧的美感。

四合院中已經有一些客人在喝酒聊天，曉菲將傅華領進了廂房，說：「今天我出酒，你來出故事，我們不醉不休。」

傅華笑說：「你還真要聽啊？很無聊的。」

曉菲說：「我是真的很想瞭解你跟你老婆之間的故事，看看她是怎麼把你這麼牢牢的拴在身邊的。」

傅華心中也有許多不吐不快的事，尤其是關於吳雯的事，因爲他一開始就對趙婷隱瞞了自己跟吳雯認識的過程，所以在吳雯出事後，他不敢跟趙婷聊得太多，這件事壓在他心頭就像一塊大石，他很想找人傾訴一下，就算無法幫他解決問題，起碼說幾句寬心的話，也可以讓他心裏輕鬆一些。

傅華笑笑說：「好啦，你上酒就是了。」

於是曉菲點了酒，又讓廚房做了幾個可口小菜，兩人就開始喝了起來。

酒一下肚，傅華的話匣子就打開了，開始講起自己初到北京，爲了開展業務，是怎麼認識仙境夜總會的四大頭牌之一的孫瑩，又是怎麼通過舊情人認識了趙婷。孫瑩爲情自殺之後，吳雯又是怎麼出現，自己買地被騙，吳雯又是如何出手相救的；現在吳雯被殺，劉康如何爲了轉移視線，故意在報紙上曝露吳雯的身世來歷，趙婷又是如何誤會自己跟吳雯的。

這些往事歷歷在目。曉菲聽得興致勃勃，說：「你的人生經歷這麼精彩啊，誒，你跟我說實話，那個四大頭牌之一叫什麼孫瑩的，你們真的就那麼老實的一起睡了一晚，什麼也沒做？還是你爲了裝君子，故意隱瞞事實表彰自己？」

傅華笑說：「喂，曉菲，你想到哪裡去了？我是那樣的人嗎？」

曉菲說：「太遺憾了，你本來是有機會荒唐一下的，爲什麼就放過這個機會了呢？」

傅華看了看曉菲，說：「誒，你還覺得遺憾啊，是不是你曾經也很荒唐過啊？」

曉菲搖搖頭，說：「唉，我就是因爲沒荒唐過，心裏才會替你遺憾的。我經濟不能自主的時候，家裏對我管得很嚴，一絲一毫都不能讓我越軌，等到我經濟能夠自主了的時候，我又發現能讓我看上眼的男人少之又少，就算有那麼幾個，也早就被別的女人俘獲了，我想荒唐一下都沒機會。誒，那個花魁你也只是枉擔了虛名嗎？」

傅華說：「誒，曉菲，你不要侮辱我的朋友好不好？」

曉菲笑笑說：「我不是那個意思，我是想說，你就從來沒想過要一親花魁的芳澤？」

傅華說：「如果一點沒想過，那是假話，可是我在圍城當中，我要忠於我的妻子，這是一個最基本的原則。」

曉菲搖搖頭說：「又來了，又來了，原則倒是原則了，可是本性沒有了，你不覺得自己虛僞嗎？」

傅華說：「人不都是這個樣子的嗎？漂亮的女人哪個男人不想看？可是又有幾個男人真正下手了？」

曉菲說：「你這一晚上總算說了句實話。」

傅華說：「你錯了，我說的每句話都是實話。」

曉菲嘿嘿笑了起來，說：「騙沒騙人你自己知道了。誒，下一步你打算怎麼去哄你老婆啊？」

傅華苦笑了一下，說：「我也不知道，原本我以爲我能很好的掌控這段婚姻，就算趙婷她家裏很有錢，我也能讓自己得到足夠的尊重，可今天看來，這一切不過是我自欺欺人罷了。」

說到這裏，傅華一下子趴到了桌子上，人事不知了。原來他走了一晚上，心情又很鬱悶，又累又煩，竟然醉了。

醒來的時候，傅華感覺頭痛欲裂，看了看四周，發現自己在一個陌生的房間裏，房間的裝飾明顯帶有女性的色彩，鼻子又嗅到了一股熟悉的香水味道，這味道讓傅華想起了昨晚的情形，知道自己是醉在了曉菲的四合院裏。

傅華坐了起來，將外衣穿起來，走出房間，一個女服務員立即說：「先生你醒了？」

傅華點點頭，說：「曉菲小姐呢？」

服務員回說：「你說我們老闆啊？昨晚她把你安排好之後，因爲你睡了她的房間，她就回家了。」

傅華說：「我睡的是曉菲的房間啊？」

服務員說：「對啊，平常我們老闆如果在這裏待得太晚，就會留在那間房間休息。」

傅華問：「那她走的時候說過什麼沒有？」

服務員說：「我們老闆交代，說先生您喝醉了，要我們多照看些，有什麼需要儘量滿足。先生，我們老闆對您還真是好啊，我沒看過她對其他男人這個樣子過，還怕您睡得不舒服，幫您脫去了外套。先生，您可不要辜負了我們老闆這番情意啊。」

傅華笑了笑說：「好啦，你替我謝謝你們老闆就是了，我要走了。」

傅華就離開了四合院，搭計程車回到海川大廈。

一到海川大廈，就看到趙凱的車停在下面，傅華便知道趙凱來了。果然，到了辦公室，趙凱已經坐在裏面了。

傅華看了看趙凱，說：「爸，您怎麼過來了？」

趙凱笑笑說：「我昨晚回家很晚，今早你媽才跟我說你跟小婷吵架了，說吵得很兇，就想過來看你一下。我剛才問章鳳，說你昨晚並沒有來海川大廈住宿，你去了哪裡了？」

傅華不好意思的說：「昨晚跟一個朋友喝酒，喝醉了就睡在他那兒了。」

「哦，是這樣啊。」趙凱沒有再追問下去，只說：「傅華啊，你也知道小婷的脾氣，讓著她一點嘛。」

傅華苦笑地說：「爸，我不是不想讓著她，問題是她根本就不信任我。」

傅華並沒有說出他最在意的一點，他最介意的是趙婷那些蔑視自己的話，那個樣子就好像自己是被趙婷包養的小白臉一樣，這對傅華來說是最大的侮辱，甚至他都不想提及。

趙凱勸說：「好啦，我也是剛知道吳雯原來是仙境夜總會的小姐，這也難怪小婷會瞎聯想，換做是你，你也會這麼想的。」

傅華說：「莫非爸爸你也懷疑我當初跟吳雯之間有什麼曖昧關係？」

趙凱搖搖頭說：「你這個人是什麼個性我是知道的，你不會做這樣的事情的。我沒這麼想，我只是說小婷這麼想也是在情理之中。」

傅華說：「還是爸爸瞭解我。」

趙凱笑笑說：「既然這樣，你能不能給我一點面子，回去跟小婷道個歉，讓這件事情就這樣過去吧。」

傅華搖了搖頭，他心中還沒把趙婷蔑視自己的這段話放下，便說：「爸爸，不行啊，這個歉我不能道，我又沒做錯什麼。」

趙凱笑說：「傅華，你是個男人啊，你可別忘了，當初小婷爲了你付出多少，難道你就沒辦法向她低頭道個歉嗎？」

傅華苦笑了一下，說：「爸，這個歉我不是不願意道，吳雯這件事讓趙婷產生誤解，這一點我也可以理解，畢竟這裏面確實有很多令人誤解的地方。但是我跟小婷吵翻不是因爲這個。」

趙凱愣了一下，看來趙婷並沒有把昨晚發生的事情全部跟趙凱講，便問道：「那是爲什麼？」

傅華痛苦地說：「趙婷說我配不上她，我現在所有的一切都是您給我的，不是我憑本事賺來的。」

趙凱一聽臉色沉了下來，他知道這些話是很傷一個男人的自尊的，便說：「小婷怎麼能夠這麼講啊，都一家人了，還要分什麼你的我的？這個小婷確實做得不對，回頭我會說她的。傅華，什麼都看在我的面子上，你先回家好不好？」

趙凱把姿態放得這麼低，給了傅華很大的臺階，他就沒辦法再堅持了，否則就有點不知趣了，只好說：「好的，爸爸，今晚我就回去。」

趙凱滿意地說：「這就對了嘛。你的鑰匙我已經帶來了，拿去吧。」

傅華收下了鑰匙，趙凱達到目的就離開了。

傅華在辦公室枯坐了一上午，宿醉讓他頭痛欲裂，一時也沒什麼心情辦事。中午吃飯的時候，傅華接到了曉菲的電話。

「誒，你昨晚沒事吧？」曉菲問道。

傅華說：「怎麼沒事，頭痛了一上午，不好意思，我鵲巢鳩佔，倒讓你沒地方睡了。」

曉菲開玩笑說：「我本來想在你旁邊湊合一下，可是又怕你起床後要我對你負責，就只好回家了。」

傅華笑了笑，說：「不好意思啊，你昨晚沒事吧？」

曉菲說：「我沒事，昨晚實際上喝得並不多啊，是你酒入愁腸才會那麼快醉的。誒，傅華，晚上早點回家跟你老婆道個歉吧，別再一副失魂落魄的樣子了。」

傅華靦腆地說：「不好意思啊，讓你見笑了。」

曉菲說：「我見笑倒無所謂，只是我擔心你老去那條街上流竄，會影響人家阻街女的生意的。」

傅華笑了起來，說：「好，我回家就是了。」

曉菲說：「這就對了嘛，再是，你這傢伙不夠意思啊，我總算是你的朋友吧？你爲什麼寧願在街邊瞎逛，也不主動來找我聊聊呢？下一次不准這樣了。」

傅華笑笑說：「好的。」

曉菲就掛了電話，傅華笑著搖了搖頭，這個曉菲還真是善解人意啊。

正好章鳳和趙淼也來吃飯，看到傅華就坐了過來。

章鳳笑問：「傅華，你一個人坐在這裏笑什麼？」

傅華說：「沒什麼，剛才跟一個朋友通電話，說了一件好玩的事情。」

章鳳說：「哦，原來是這樣啊，我還以爲你跟嫂子和好了呢。」

趙淼勸說：「姐夫，我姐那個人就是那麼個火爆脾氣，說話有時會衝一點，其實人很好的，你別生她的氣了。」

傅華說：「好啦，我比你瞭解你姐，我們之間沒事的。誒，你們倆在一起也有一段時間了，準備什麼時候結婚啊？」

章鳳害羞地說：「傅華，你別顧左右而言他好不好，我還想問問你，昨晚爲什麼不來海川大廈住呢？」

傅華笑說：「章鳳，是你在轉移話題好不好？我昨晚住哪不重要，倒是我很關心你什麼時候肯嫁過來啊？」

章鳳故意說：「人家不求婚，我又怎麼能嫁呢？」

趙淼聽了，急說：「誒，不是這樣子的吧？我明明跟你提過幾次，你都跟我說再等一段時間的。」

章鳳推了趙淼一下，說：「笨蛋，你上了你姐夫的當了，他在拿我們的事轉移話題，知不知道？」

傅華呵呵笑了，說：「好啦，我昨晚喝多了睡在朋友那了，這沒問題吧？」

章鳳說：「沒問題，當然沒問題。」

話題就這樣收住了，章鳳就開始談起了酒店的工作，傅華見章鳳和趙淼之間似乎對結婚並沒有達成一致，也就沒再提起這個話題。

晚上，傅華下班之後，拖延了一會兒，還是回了趙凱家。

趙凱、趙淼都在客廳坐著，趙淼見傅華開門進來，就衝著趙婷的房間喊了一聲：「姐，姐夫回來了。」

趙婷房間的門虛掩著，聽到趙淼的喊聲，趙婷走了出來，看了看傅華，低著頭走到傅華面前，把傅華的提包接了過去，低聲說：「你回來了。」

傅華見趙婷這個樣子，知道這是她變相的在跟自己道歉，便低聲說：「小婷，對不起，昨天我不該跟你吵架的。吳雯的事，回頭我會慢慢跟你解釋的。」

趙凱看到兩人的情形，笑說：「好啦，以後我不准你們倆再這個樣子了，吵架不能解決問題，有什麼事情可以慢慢談，知道嗎？」

趙婷和傅華齊聲說：「知道了。」

趙凱說：「好了，吃飯。」

眾人就一起吃飯，趙婷和傅華像往常一樣坐到了一起，不過由於兩人剛和好，彼此對對方都很客氣，氣氛反而有些僵硬。

吃完飯之後，傅華和趙婷進了自己的房間，趙婷先去床邊坐了下來，傅華坐到了她的旁邊，說：「小婷，我跟你說，我並不知道吳雯曾經做過仙境夜總會的小姐。我跟你說過了，我跟她認識就是因為她要回海川投資。」

傅華還是沒有坦承他早就知道吳雯身分這一事實，因為如果真要說出這一事實，還會牽涉到孫瑩，而孫瑩的事情傅華就更不好解釋了，因此他認為還是撒謊到底比較好。

趙婷看了一眼傅華，說：「那我怎麼看你看報紙的時候，對吳雯是夜總會小姐的事一點都不驚訝？」

傅華愣了一下，這還真是一個問題，不過他反應很快，旋即笑著說：「是這樣，我很早就知道吳雯的背景很複雜，當初她為了救我，出動的就是社會人士，爸爸當時就警告過我，說不要跟吳雯還有她那個乾爹有什麼太深的往來。所以我才不會驚訝。」

這個解釋倒也合理，趙婷相信了，便說：「對不起啊老公，我當時看到報紙氣炸了，沒認真的思考就衝著你發脾氣，真是不應該。」

傅華笑了笑，說：「沒事，還是我做事不夠檢點，才會讓你產生這種誤會的，說對不起的應該是我。」

趙婷也說：「不是，說對不起的應該是我，我不該不相信你。還有，我最不應該的是說那些羞辱你的話，其實話一出口我就後悔了，不過你也知道我這個臭脾氣，火大的時候，我自己也控制不住了。這件事情爸爸把我好好臭罵了一頓，我知道錯了，再也不說這種話了，你不要生我的氣了，好嗎？」

傅華點了點頭，說：「我也不好，明知你脾氣不好，還要跟你對嗆。」

兩人都放低了身架，爭著說自己的錯，夫妻本來就是床頭吵架床尾和的，很快就抱在了一起。趙婷覺得自己錯怪了傅華，又說了一些傷傅華自尊的話，心中歉疚，就有些刻意討好傅華的意思，行動之間對傅華十分迎合。

傅華感受到了這份情意，也很感動，雖然趙婷說那些話很傷他的自尊，可那也是事實，趙婷這樣的千金小姐跟了自己這幾年來，從來對自己都是百依百順的，也是被自己惹急了才說了一句那樣的話，已經是難能可貴的了。

兩人都想盡力讓對方愉悅，這一場和解之戰更顯浪濤洶湧，琴瑟和鳴，最終相攜到達了興奮的巔峰。

偃旗息鼓之後，兩人相互偎依著，趙婷嬌喘著輕撫著傅華的胸膛，說：「老公，我們再做個約定好不好？」

傅華說：「你想約定什麼？」

趙婷說：「你也知道我這臭脾氣，有時候生氣了什麼都顧不得，這方面你要能包容我，好不好？」

傅華點頭說：「好哇，你再發脾氣的時候，我躲開就是了。」

趙婷搖搖頭說：「那可不行，我可不想你再離家出走，這正是我要跟你說的第二條約定，不管怎麼樣，就是我錯了，你可以在事後打我罵我都行，可我不准你再離家出走了，好嗎？」

傅華知道這是趙婷對他們之間這份感情的重視，不由得更加感動，抱緊了她，說：「好的，小婷，我答應你，不論你再說我什麼，我都不走。」

趙婷立即親了一下傅華的臉，說：「這才是我的好老公。」

兩人就這麼偎依著喁喁說著情話，傅華昨晚很晚才睡，今晚又耗盡體力跟趙婷激戰了一場，身體十分的困乏，說著說著就慢慢失去了意識，想要睡過去了。

就在這時，趙婷問道：「老公，你昨晚出去之後，去了哪裡啊？」

傅華沒意識的回答說：「我也沒地方可去，就在街邊瞎溜達，後來遇到了……」

這時，傅華本來是想說曉菲的，名字就在嘴邊，腦子一下子清醒了，馬上緊急剎車，這個名字如果在這個時候說出來，那又將是一場新的戰爭。

趙婷見傅華停了下來，追問道：「你遇到誰了？」

傅華便趕忙說：「遇到江偉了。」

趙婷說：「江偉不是住在機場那兒嗎？你怎麼會遇上他了呢？」

傅華說：「他正好要送一個朋友回家，看到我在街邊像喪家犬一樣，就停了下來，拉了我去喝酒了。」

趙婷說：「喝酒的時候有沒有罵我啊？」

傅華笑了，說：「怎麼，你還怕被我罵啊？」

趙婷說：「不用說，你們兩個肯定是一邊喝酒一邊數落我了。」

傅華笑笑說：「我是被你趕出家門的，說兩句也不行啊？」

趙婷說：「當然不行了，以後你讓我怎麼再去見江偉啊？」

傅華笑了，說：「那就不見嘛。」

趙婷狠狠的扭了傅華一下，說：「你同學我總不能永遠避不見面吧？都是你啦，在背後瞎嘀咕人家。」

傅華雖然有些肉疼，可是心裏卻鬆了一口氣，跟曉菲喝酒這段事情算是遮掩過去了。

這一場吵架就這樣平息了下來，傅華和趙婷的關係比以前更加融洽了，他們的夫妻生活本來有些開始平淡了，這種小衝突一鬧，反而讓他們有了新的刺激，彼此更加愛對方了。

不過，傅華卻並沒有因此跟曉菲保持距離，這件事情讓他感覺到曉菲的善解人意，也讓他認為曉菲對他和趙婷的感情生活不會構成傷害，曉菲是可以成為一個很好的朋友的。

人很多時候是需要能夠有一個讓自己倒苦水的地方，趙婷是他可以休息的港灣，但是一些煩惱他卻無法跟趙婷訴說，這倒不是說他不再愛趙婷了，而是他只想展現出最好的一面給趙婷看，好讓自己能夠配得上她。

傅華開始出現在曉菲的四合院，有時會帶朋友來，有時自己一個人來，來了就跟曉菲喝喝酒，聊聊天，鬱悶消除了就會離開。

日子就在這種矛盾又和諧的氛圍中一天一天的過著。

紙上談兵

看金達垂頭喪氣的樣子，郭奎心中暗自搖頭，
這傢伙什麼君主論、韓非子之類的政治學名著，
引用起來頭頭是道的，怎麼一到實踐中，就不知道該怎麼辦了呢？
他該不會只是一個紙上談兵的趙括吧？

從北京回來的徐正心情變得好多了，回來之後，他就按照王畚的吩咐，把平安符放在辦公室裏擺好。也不知道是不是心理作用，糾纏他多日的噩夢不見了，心魔盡去，他又睡得香甜起來，就好像什麼事情都沒有發生一樣。

市長繁忙的工作也讓徐正沒有時間再去多想吳雯這件事情，一個市長常常需要代表政府出席各種各樣的活動，接待上級部門的檢查、出席重大工程的開工和竣工典禮，諸如此類，都需要市長出面應對。

徐正也想用更多繁重的工作打發掉自己空閒的時間，於是他精神煥發的出現在更多海川市的新聞中。

工作中的徐正是自信的，在他權力掌控的這個世界裏，他如魚得水，權力帶給他的是一種被眾星捧月的美好感覺，是他在殺伐決斷，是他在決定別人的命運，讓他對掌控自己的命運更有信心，也就將吳雯被殺的事情拋之腦後了。

徐正這種好心情一直持續到劉康打電話來。

劉康在電話裏說要來拜訪他，喚起了徐正對吳雯的記憶，讓徐正心裏有些彆扭。自北京回來之後，他一直沒跟劉康聯繫，因爲他覺得劉康是吳雯被殺的禍根，他想要儘量避開這個禍根。

但是，劉康的要求是不能拒絕的，不單是因爲兩人在新機場項目上是合作夥伴，更因爲徐正意識到，吳雯被殺這件事已經將自己跟劉康牢牢的拴在了一起，一旦劉康出事，吳雯被殺的真相就可能暴露，那自己也是要跟著倒楣的。

徐正這個時候感覺到，劉康才是他想避卻避不開的噩夢。

徐正看到劉康的時候，心裏有些驚訝，雖然並沒有多少日子沒見面，可是眼前的劉康竟然像變了一個人似的。以前的從容優雅不見了，取而代之的是無比的蒼老，臉上更多的皺紋，頭頂上出現了更多的白髮，眼神之中也多了幾分戾氣。

徐正暗自心驚，看來吳雯的被殺改變了很多人，不光是自己被冤魂糾纏，這個劉康也沒好到哪裡去。

劉康見到徐正，笑了笑說：「徐市長，你去北京也不跟我說一聲，要不然我就陪你一起回北京了，我在北京是地頭蛇，肯定能帶你好好玩玩。」

劉康對徐正的這一次北京之行也有些難解，他不明白徐正爲什麼會突然出席一場本來不重要的活動，徐正去北京究竟目的是什麼，因此開口問道。

徐正說：「劉董，我那是工作，可不是去玩的。你這一次要見我，是有什麼事情嗎？」

劉康才不相信徐正去北京是爲了工作，不過徐正把話題打住了，讓劉康無法再問下去，而且他這次來還有別的事情要托徐正去辦，便說道：

「是這樣的，徐市長，有個朋友想要請請你，有件事情想拜託。」

徐正看了看劉康，說：「誰啊？什麼事情啊？」

劉康說：「是海盛置業的老總鄭勝，他有點土地上的麻煩，想要請你解決一下。」

吳雯的離世，使劉康失去了一個在海川可以依靠的膀臂，他現在不得不更多的依賴鄭勝，因此對鄭勝提出要自己幫忙跟徐正溝通，他也不得不答應。他知道要用鄭勝這種人，必須給他一點甜頭，現在找徐正辦事對劉康來說，不過是舉手之勞而已。

徐正是知道鄭勝的，也大致瞭解鄭勝的人脈關係，便說：「鄭勝不是跟秦屯很熟嗎？為什麼他不去找秦屯呢？」

劉康說：「秦屯現在是市委副書記，他要辦這種事情，不還是要轉過來拜託你嗎？」

徐正笑了笑，說：「他倒是很會見風轉舵。」

劉康對徐正和秦屯之間的關係知道一些，便說：

「徐市長還在介意秦屯這件事情啊？其實我倒覺得鄭勝來找你是一件好事，你跟張琳現在不是鬧得很不愉快嗎？如果有機會能讓秦屯跟你站在同一條陣線上，未嘗不是一件好事。要知道，這世界上並沒有永遠的敵人，只有共同的利益。」

徐正愣了一下，劉康這傢伙對海川政壇這麼熟悉啊？不過他說的也有道理，張琳在鴻途集團事件上明顯是擺了自己一道，並且借這次的事件開始佔據主動了，而自己卻因爲受了處分，不得不再次夾著尾巴做人，勢力上顯然稍遜一籌。

徐正自然不甘就這麼受制於人，可是短時間自己的頹勢很難改變，結盟也許是解決目下這種困境最好的一個方式。因此，徐正笑了笑說：「好吧，什麼時間讓鄭勝出來見一見吧。」

劉康說：「那就請徐市長安排一個時間，走一趟海盛莊園吧？」

徐正搖了搖頭，他不想給鄭勝主場之利，便說：「不要去海盛莊園，太過顯眼了，安排在西嶺賓館吧。」

劉康說：「那我就去安排了。」

徐正說：「行，你去安排吧。只是劉董，我看你面色很差，最近可要注意保重身體啊。」

劉康臉抽搐了一下，說：「我沒事的，你放心吧徐市長。」

劉康就出了徐正的辦公室，上車之後，心裏暗罵徐正，明明知道自己的瘡疤在哪裡，偏偏還要故意去揭，真不是個東西。

雖然經過一番運作，偵查吳雯命案的警方已經把視線從劉康身上移開了，但是劉康卻並沒有因此就好過一點。

吳雯的死對劉康的打擊是很大的，他雖然沒像徐正那樣夜夜做噩夢，不過，他卻深深後悔不該讓吳雯參與到新機場項目當中，如果不是讓吳雯參與了這個項目，吳雯也不會被殺，那樣自己和她還是關係融洽的義父女關係。

只有真正失去了才知道重要，劉康到這時候才發現吳雯在自己生活中的分量，以前一有什麼鬱悶，他可以打電話跟吳雯說說笑，聊聊天，滿天的烏雲都會散了。可現在他抓起電話，竟然不知道該打給誰。

甚至有一次他無意識中撥打了吳雯的號碼，等到電話裏傳來無法接通的聲音時，才意識到吳雯已經永遠的離開自己了，他趕忙掛了電話，兩行清淚流了下來。

但這一切都悔之已晚，劉康深深陷入了悔恨之中。

徐正和鄭勝在西嶺賓館見了面，由於徐正要求不要太招搖，見面時，只有徐正、劉康、鄭勝三個人。

人少，就沒必要講什麼場面話了，寒暄幾句之後，徐正就問鄭勝有什麼事情要辦。

鄭勝說是他最近準備要開發一個新的項目，可是項目買到手之後才發現，這個項目的地塊已經過了國家規定兩年之內必須要開發的期限，海川市政府準備將地塊收回去。現在錢已經付給對方了，如果海川市政府將地塊收回去，鄭勝將會損失慘重，因此不得已只好拜託劉康找徐正解決這個問題。

徐正看了看鄭勝，他很懷疑鄭勝會不審查地塊的開發年限就盲目的買進，鄭勝這種人精明透頂，又怎麼會上這種當呢？

徐正笑笑說：「鄭總，大家既然透過劉董坐到了一起，這裏沒什麼外人，你就不要說這種小孩子都不信的謊話了。」

見徐正這麼說，鄭勝看了一眼劉康。

劉康趕忙說：「鄭總啊，你說的事我也不信，既然都是朋友，你就打開天窗說亮話吧。」

鄭勝不好意思地說：「看來我不說實話倒顯得我不實在了，好，我說實話。這塊地原來的主人發現地塊到期，政府想收回，開發手續批不下來，所以才脫手的。」

徐正笑說：「鄭總是不是撿了一個大便宜啊？價格一定很低吧？」

鄭勝點點頭說：「什麼都瞞不住徐市長，價格確實很低，只在兩年前買進的價格上加了一點利息而已。」

徐正說：「那鄭總可是賺大發了，兩年前的地價跟現在怎麼比啊。」

徐正是市長，自然很清楚這幾年受房地產開發熱的影響，海川市的地價已經漲了很多了。

鄭勝笑笑說：「錢也要能開發才會賺到手，這還請徐市長幫忙了。」

徐正搖了搖頭說：「這個不太好辦，土地這塊是李濤副市長在分管，我不好太過干涉。」

鄭勝說：「徐市長，您這就不實在了，您一個市長都干涉不了，那誰還能干涉啊？放心吧，我得到了好處，您這邊我肯定會好好考慮的。」

劉康在一旁說：「是啊，徐市長，您放心，鄭總可是一個很大方的人啊。」

徐正看了看鄭勝，說：「好吧，回頭我跟李濤說說這件事情。」

轉天，徐正把李濤叫到了辦公室，問起了鄭勝所購買的這個地塊的事情。

李濤說：「這個地塊國土局跟我彙報過，因爲已經超出開發期限而未開發，他們想將地塊收回，重新出讓。」

徐正問說：「國土局怎麼突然認真了起來，以前多少超過期限沒開發的地塊都沒這樣過？」

李濤說：「這一次是因爲國土局按照上面的囑咐，清查土地開發的狀況發現的，所以處理起來嚴格了一點。」

徐正說：「這麼處理好嗎？會不會影響我們海川市的投資開發環境啊？」

李濤看了看徐正，問：「徐市長，您的意思是？」

徐正說：「我認爲這樣處置太過嚴厲了，沒有給投資的客商創造一個好的寬鬆的投資環境，這種情形以前也不是沒有過，還是簡單處罰一下，讓他們繼續開發爲好。」

李濤聽了說：「行，目前還只是在研究如何處置階段，我會酌情安排的。」

於是研究的最後結果，就是對該地塊的開發商進行了罰款，罰款後允許開發商繼續開發。

原本因爲要收回這個地塊鬧得聲勢很大，突然間就偃旗息鼓，自然會有人對此很不滿意，認爲是有人從中受賄，上下其手改變了處罰的結果，於是便有人寫了舉報信，寄給市委市政府的領導們。

金達也收到了這樣一封舉報信，舉報信寫得很專業，把一些國家規定應該怎樣處罰，這樣處罰如何不合理一一列明，尤其是點明現在的地價已經是兩年前地價翻倍都不止，這麼處罰顯然是開發商得利，而不是政府得利。

金達便側面跟國土局的人瞭解了一下，發現還真是如此，這顯然是侵害了國家利益，他不能容忍，於是主動找到了徐正，把舉報信拿給徐正看。

徐正也收到了一份同樣的舉報信，因此對金達拿出這樣的舉報信並不意外，他笑笑說：「金達同志，這種不敢署名、藏頭藏尾的舉報信你也相信啊？」

金達說：「徐市長，我並沒有盲目相信這封信的內容，據我瞭解，這封信的內容確實屬實，希望您能認真處理一下。」

徐正心說，我處理什麼，這本來就是我搞出來的，難道讓我處理自己嗎？

徐正笑笑說：「金達同志，你先別急，可能你是從省裏下來，對基層的工作並不瞭解。超期開發這種行爲是有問題，不過國土局已經進行處罰了，你還要幹什麼？」

金達說：「這種處罰微乎其微，跟收回地塊根本不能相比，這顯然不符合國家的有關規定。」

徐正的臉板了起來，說：「金達同志，你不要沒做過調查研究就瞎下結論，規定是死的，可執行的人是活的，你想過沒有，如果你的政策一點機動性都沒有，誰願意到你這裏投資啊？」

金達反駁說：「可是那也不能違反國家的有關規定啊？」

徐正說：「如果每一條都按照規定來做，那我們的經濟就不用發展了，現在大家都是這樣做的，我感覺不出有什麼不對的地方。好了，這並不是你分管的範圍，你不要管了。」

金達抗議說：「這種狀況顯然很不合理，而且是縱容開發商囤地，我作爲一名政府官員，就有責任糾正這種不當的行爲。」

徐正看了看金達，他覺得這個傢伙實在太書呆子氣了，便笑了笑說：「好了，隨便你怎麼想，反正這個決定已經下了，不能改變了。」

金達沒想到徐正會用這種態度處理這件事情，倔勁又上來了，便說：「徐市長，你如果不管，我會向省裏反映這個情況。」

徐正笑了，他知道金達有過幾次去省城告狀的事情，可是省裏並沒有就支持金達，甚至徐正還聽郭奎批評過這個以前得意的部下。今天這個事情也一樣，他認爲省裏不會支持金達的，便說：

「金達同志，你要做什麼是你的自由，不過我希望你慎重考慮一下。我們這麼處理這種土地狀況是一種慣例，就是省裏也說不出什麼問題來，再是，你一再跟省裏反映情況，會不會讓省裏認爲你這個同志是從省裏下來的，就自認爲比地方上的同志高人一等，不能很好的跟地方上的同志搞好團結呢？要不要告狀你自己考慮吧。」

金達見徐正一副吃定自己的樣子，更加氣不打一處來，站了起來，說：「徐市長，我不管省裏會怎麼看我，我看到問題就不能不管。」

徐正無所謂地說：「隨便你了。」

金達忿忿地說：「告辭了。」說完就氣哼哼摔門而去。

金達一走，徐正狠狠地拍了一下桌子，罵道：「真是狗仗人勢，姓金的，你不就仗著郭奎在背後支持你嗎？老子現在是走背運了，不然的話，不用等你去告狀，老子先把你這個王八蛋趕回省城去。」

罵完，徐正心裏開始思索要如何對付金達，這個傢伙留在市政府這兒對自己始終是一個威脅，做什麼事都要顧忌他，能不能想辦法乾脆把他擠走算了。

徐正突然想到，金達這一次要去省裏告狀，說不定正是一個擠走他很好的機會，自己應該善加利用才對。

想到這裏，徐正打電話給郭奎的秘書，說自己有事需要當面向郭書記彙報，看郭書記什麼時間有空。秘書詢問了一下郭奎，郭奎說可以在明天上午見他。

徐正放下電話，就跟李濤說了一聲，然後坐車趕往了省城。

他這麼急著趕去見郭奎，是想要趕在金達之前跟郭奎見面，好讓郭奎對自己有一個先入爲主的看法。

第二天上午，徐正見到了郭奎。

一見面，徐正就一副受了委屈的樣子說：「郭書記，我今天來，是接受您的批評來了。」

郭奎愣了一下，說：「徐正同志，你一來就是這麼一句，這是哪跟哪啊？我爲什麼要批評你啊？」

徐正做出一副驚訝的樣了，說：「金達同志沒向你反映情況嗎？」

「金達？這裏面有金達什麼事啊？」郭奎詫異的問道。

徐正說：「那我可能來得冒失了，金達同志還沒到省裏來啊，要不您先聽完金達同志的彙報，再聽我的彙報？」

郭奎瞪了徐正一眼，說：「爲什麼還要先聽金達同志彙報再聽你的彙報，瞎折騰什麼，你趕緊說，究竟是怎麼回事？」

徐正說：「是這樣，我們市裏面這一次土地清查，發現了一個地塊已經超過兩年的開發時限，分管的李濤同志和國土局的幹部們研究了一下，考慮到市裏的實際情況，決定對開發商予以罰款，然後限期開發。這件事情金達同志知道了，認爲我們這樣做違背有關規定，非要我插手改變這個處罰決定不可。」

郭奎看了徐正一眼，他並不瞭解詳細情況，因此也不好隨便就發表意見，便說：「那你是怎麼答覆他的？」

徐正說：「是這樣的，我認爲地方上的一些土地開發行爲不符合規定這是事實，可是也要依實際狀況來分析，李濤同志這麼處置自然有他的道理，我再去干涉就有點不合適了。」

郭奎點點頭說：「這倒是，李濤同志我還是瞭解的，他處理事情向來很穩妥。」

徐正又說：「可是金達同志卻絲毫不聽我的理由，堅持認為他才是正確的，非要我糾正李濤同志的行為，我說希望他尊重李濤同志的決定，不是他分管的事情不要插手，可是他說他是省裏下來的，有權力去糾正別人的錯誤行徑，如果我不糾正，他就到省裏來反映我的問題。」

郭奎遲疑了一下，說：「金達同志會說這種話？不會吧？」

徐正做出一副委屈的樣子，說：

「金達同志就是這樣說的，我可一點都沒撒謊。您應該知道，金達同志身上有一股傲氣，似乎比我們這些基層同志懂的都多；加上這次鴻途集團發生的事，金達同志早就有了正確的判斷，是我們這些基層同志看走了眼，這讓金達同志更加有自信，覺得對市裏面的事務有更多的發言權。」

郭奎生氣地說：「胡鬧，上面叫他下去，是讓他跟基層的同志們學習的，誰讓他去指手畫腳了？」

徐正自我檢討說：「郭書記，在這次鴻途集團的事件中，我確實有很多失誤，金達同志不服從我的領導，可能也有這方面的因素，上面是不是重新考慮一下我的工作安排，如果金達同志老是這樣下去，對我們海川市政府的工作開展是很不利的。」

徐正這是一步險棋，是逼郭奎在他和金達之間作選擇，他相信自己一個市長還是有足夠分量的，郭奎就算再寵金達，在這個時候也不可能去選擇金達。

郭奎看了看徐正，他很清楚徐正這是以退爲進，明面上說自己指揮不動金達，要上面重新考慮他的工作安排，暗地裏卻是在說金達才是造成這一局面的根源。徐正的意思實際上是要郭奎處分或者調走金達。

郭奎心中很是彆扭，他不習慣被徐正這樣要脅，不過他也清楚上面配備一名地級市的市長，需要考慮多方面的因素，是不能輕易說換就換的；徐正這幾年雖然也犯了些錯誤，可也是做了一些成績出來的，融宏集團的陳徹對他還算滿意，新機場項目上也是功不可沒，這也是爲什麼徐正因爲鴻途集團一事給海川市造成那麼大損失而僅僅被記過處分的原因之一。

總體上講，徐正這個市長算是很稱職的，再想找一個這樣的市長雖不是沒有，可一時半會兒是很難找到的。

郭奎心中雖然對徐正的做法不舒服，可是也知道不能感情用事，便笑了笑說：「徐正同志，你這個態度我就要批評你了，上面讓你擔任海川市的市長，是對你的信任，怎麼能因爲出現一點小小的困難就要上面重新考慮你的工作了呢？這可不好。」

徐正說：「可是，郭書記，我不是因爲金達同志，我是覺得我出了那麼大的失誤，在同志們面前已經沒有了威信，無法做好市長的工作了，所以才……」

「你不要這樣說，」郭奎打斷了徐正的話，「上面對你還是有充分信任的，你心理上不要有負擔，要放開手腳繼續搞好海川的經濟工作，至於金達同志，我會批評他的。」

徐正在心裏笑了，不出所料，郭奎迫於形勢，果然選擇支持了自己，這一次金達肯定會挨郭奎一頓批評，相信日後再有什麼爭執，金達失去了郭奎的支持，也不敢輕易到省裏來反映了。甚至很有可能，郭奎已經在心中開始考慮重新安排金達的工作了，畢竟市政府領導班子中出現了不團結的因素，對市政府的工作開展是很不利的。

表面上，徐正還要裝好人，笑著說：

「郭書記，您別太批評金達同志了，他可能只是不懂基層上的工作而已，他的工作熱情還是值得讚許的。」

徐正這是得了便宜還要賣乖，郭奎心裏更彆扭了，他說：「行了，我知道怎麼做了。」

金達是下午才到省城的，他對此行實際上是猶豫了很久，上次他找郭奎反映情況，郭奎給他碰了一個釘子，這一次再去找他，會不會還是碰釘子呢？

可是金達在徐正面前已經撂下了狠話，而且他認爲自己這次做得沒錯，如果不去找郭奎，無論從情理上還是面子上他都覺得過不去。

晚上，在郭奎的辦公室，秘書領金達進來的時候，郭奎正在批閱文件，只說了句：「你先坐，等我批完文件再談。」就埋頭在檔案堆裏，不再搭理金達了。

一開始，金達還沒覺得什麼，以前他到郭奎辦公室常會遇到郭奎批閱文件的時候，郭奎也是這樣先批完文件再跟自己談話的。

可時間一分一秒的過去，一個小時過去了，兩個小時過去了，金達開始察覺不對勁了，郭奎還從來沒讓自己等這麼長時間過呢。

他本來坐得腰桿筆直，可是兩個小時坐下來，腰酸的要命，可在省委書記這兒，他不敢隨意的放鬆自己，只好咬牙堅持著。

金達腦子裏開始思考郭奎爲什麼會這樣對待自己，也反思這一次跟徐正的衝突，自己是不是做錯了什麼。

很多事情是經不起回想和反思的，金達越檢討自己，越覺得自己問題多多，冷汗流了下來，幸好郭奎沒有馬上就跟他談話，否則單憑自己衝上省來的這股勁，還不知道會說出什麼過頭的話呢。

金達低下了頭，他是一個聰明人，此刻他明白自己這次上來是有些冒失的了。

快要到三個小時的時候，郭奎站起來，伸了伸懶腰，說：「批這些文件真是累人，秀才，等急了吧？」

金達笑笑說：「沒有，郭書記，趁這個時候，我也思考了很多的問題。」

郭奎坐到了金達的身邊，看了看金達，說：「秀才，你想了什麼，跟我分享一下。」

金達尷尬的地說：「郭書記，您大概知道我這次上來是爲什麼的吧？」

郭奎笑說：「我知道，徐正同志上午到省裏來了。」

金達聽完，馬上就明白爲什麼郭奎會這樣對待自己了，肯定是徐正說了自己什麼壞話，才會讓郭奎對自己有了先入爲主的意見。

金達急道：「郭書記，您可不能只聽信徐正同志單方面的意見啊。」

郭奎笑了，說：「徐正同志的意見我是聽了，信則未必，所以你也不用著急，說說你的意見給我聽。」

金達一下子沒了底氣，經過兩個多小時的冷靜思考，原本理直氣壯的他已經察覺出自己的問題。可郭奎已經問到了，金達也不能不說，只好硬著頭皮把事情的經過說了一遍。

郭奎聽完，覺得跟徐正說的大同小異，徐正可能在金達的工作態度上有些添油加醋了，其他的倒沒有過於扭曲事實。

郭奎笑了笑，說：「秀才啊，我怎麼感覺你說話的語氣很弱啊，怎麼了？以前你說什麼可不是這個樣子的。」

金達苦笑了一下，說：「剛才在郭書記您批閱文件的這段時間，我認真思考了一下這件事情，發現我跟徐正同志爭執的理由也不一定成立。」

郭奎看了看金達，這是他很欣賞金達的一個地方，敢於說真話，這在時下的官場上是難得一見的。

這是金達的優點，卻也是他的弱點。遇到欣賞這種風格的領導，領導會出於愛護，對這樣的人加以維護；可是遇到害怕這種風格的領導，這就成了一種忤逆，會倍受打擊的。

郭奎雖然很欣賞金達這一點，可是他今天卻沒有要表揚他的意思，他認爲自己不能老呵護金達，溫室的花朵是經不起風雨摧殘的，郭奎對金達的期望很高，他希望金達振翅高飛，而不是老躲在自己的羽翼之下。

郭奎的臉沉了下來，說：「金達同志，你認爲自己錯在哪裡？」

郭奎嚴肅了起來，叫起了金達同志，金達的心更加沉了下去，他說：「郭書記，我認真思考了一下，可能我對整個事件考慮的並不全面。」

郭奎說：「什麼考慮並不全面，你根木上就是覺得自己是省裏派下去的，所以就看不起基層工作的同志，是不是？」

郭奎的語氣可以用嚴厲來形容了，金達有些急了，爭辯說：「郭書記，我沒有看不起基層工作的同志啊。」

郭奎說：「還沒有，那你爲什麼會對李濤同志分管的工作指手畫腳？你經過詳細的調查研究過了嗎？」

金達說：「是有同志寫舉報信向我反映情況，我側面瞭解了一下，認爲有問題，才找徐正同志談的。」

郭奎說：「側面瞭解了一下，你怎麼就能瞭解事件的全貌？土地是李濤同志分管的，他應該更瞭解情況，你爲什麼不跟李濤同志談一談？」

金達低下了頭，說：「這個當時我沒想到，是有些冒失了。」

郭奎說：「你這不是冒失，你根本在心中就存著你是省裏派下去的幹部，你高基層同志一等這種觀念。金達同志，你下去的時候，我不是跟你談的很清楚了嗎？你的理論水準確實很好，可是你走出校門就在搞一些理論研究工作，沒有在基層工作的經驗，之所以派你下去，是讓你去跟基層同志學習的，你現在這個樣子是在跟基層的同志學習嗎？我看你根本就是想去領導他們的。我沒想到你在政治表現上是這麼不成熟。」

金達被說得低下了頭，一句話也說不出來了。

郭奎看了看低著頭的金達，他知道自己可能說的有點過分了，可是響鼓要用重錘，不給金達一點點打擊，他會始終認爲他做什麼都是對的，到時候出了什麼問題應付不來，就跑來省裏跟自己反映，絲毫沒有解決問題的能力。

郭奎要的是一個能自己解決問題的有能力的幹部，而不是一個反映問題的傳聲筒。

郭奎接著說道：「你好好想想一下自己的問題所在，認真反省，回去主動向徐正同志承認自己的錯誤，知道嗎？」

金達低著頭說：「我知道了。」

郭奎看了看金達，心知自己這頓重批讓他一時有些吃不消，可是不這樣，他始終不能進步，就狠下心來，說：「好啦，今天的談話就到此爲止，你回去吧。」

金達說了聲：「那我走了，郭書記。」灰溜溜的離開了郭奎的辦公室。

看金達垂頭喪氣的樣子，郭奎心中暗自搖頭，這傢伙什麼君主論、韓非子之類的政治學名著，引用起來頭頭是道的，怎麼一到實踐中，就不知道該怎麼辦了呢？他該不會只是一個紙上談兵的趙括吧？

郭奎心說要對金達在下面的表現多加一點關注了，金達在經濟發展戰略方面很有前瞻性，可如果他只是長於理論而沒有執行力，那還是將他調回來，用其所長好了。

金達不知道自己是怎麼從郭奎那裏離開的，郭奎這次的批評不同於上一次，上一次的郭奎算是和聲細語，還稱呼他爲秀才，語氣中帶有一份熟悉的親暱。可這次郭奎稱他爲金達同志，語氣也從沒有過的嚴厲和陌生，還要求他主動向徐正承認錯誤。

金達自踏入社會以來，工作向來是被人稱道的，驟然被郭奎這麼重批，心裏十分難受，一時都有些不知道該怎麼辦了。

此刻時間已晚，不能馬上就回海川，金達就回家住了一晚。這一晚他輾轉難眠，翻來覆去想這件事情，心裏一度懷疑自己是不是適合在仕途上發展了。

不過想到最後，金達還是認爲自己不能做逃兵，他自小就學業優秀，做什麼沒有不成功的，從來沒有半途而廢過，他相信自己只要認真去做，仕途上也一定會做好。

從哪裡跌倒，就要從哪裡爬起來，既然郭奎讓自己向徐正承認錯誤，那自己就向徐正承認錯誤；郭奎讓自己向基層的同志學習，那就向基層的同志學習，金達不相信自己不能把這個海川市的副市長當好。

第二天一早，金達就坐車回海川，到海川已經是下午了，他立即找到了徐正。

徐正正在辦公室批閱文件，見金達找了過來，起初還以爲金達是因爲自己先找了郭奎而來興師問罪的呢，他心裏暗自好笑，譏誚的說：「金達同志，你去省裏這麼快就回來了，怎麼沒跟郭書記多彙報彙報啊？」

金達尷尬的笑了笑，說：「徐市長，我來是向您承認錯誤的，土地這一塊是由李濤同志負責的，我不該不經調查研究，就盲目的亂批評。對不起，我錯了。」

徐正愣了，他沒想到一向表現傲氣沖天的金達竟然會低頭向自己認錯。徐正一時都不知道該如何應對了。

他乾笑了一下，說：「金達同志，你真的認識到自己錯了？」

金達笑笑說：「是的，我是真的認識到了自己的錯誤，我和李濤同志各自有各自的分工，我沒有理由去干涉李濤同志的工作的。郭書記這一次狠狠地批評了我，說我自視太高，沒有好好的跟基層的同志們認真學習，根本上就是工作態度不夠端正。我認真的思考了一下，感覺郭書記批評的很對，我確實存在這些問題而不自知。」

徐正看了一眼金達，眼前這個謙恭的金達讓他很不習慣，是什麼促成了金達的轉變呢？沒有別的解釋，肯定是郭奎跟金達深談過，是郭奎幫金達分析了利弊得失，從而讓以前傲慢的金達變成了眼前這個樣子。

雖然金達一副低頭認罪的樣子，可徐正心裏都有些嫉妒金達了，這傢伙怎麼這麼好命，被省委書記這麼看重，郭奎怎麼從來都沒有這麼對過自己？

徐正心裏酸溜溜的，郭奎這麼做，表明了是對金達寄望甚高，未來這傢伙的前途不可限量啊。

徐正乾笑了一下，說：「金達同志，你也不要這麼自責，我知道你也是出於對工作負責才這麼做的。」

金達笑了笑，說：「徐市長，你不要安慰我了，我知道這是因爲我對基層工作不熟悉才導致的結果，今後我一定好好跟基層的同志們學習經驗，認真的搞好本職工作。另外，我這個人有些時候脾氣有點衝，可能對徐市長您不夠禮貌，這是很不應該的。徐市長，您如果再看到我有類似的行爲，一定要給我指出來，我一定會改正的。」

徐正被說得有些不好意思了，笑笑說：「也沒有啦，金達同志，我們相處的其實是挺好的。同志們討論問題難免有意見相左的時候，有點爭論是正常的，我從來就沒往心裏去的。」

金達說：「我以前對您不夠尊重，就請您多包涵了。」

徐正立刻說：「別這麼說，我也有不好的地方，大家互相包涵吧。」

金達又跟徐正閒聊了幾句這才離開。

徐正見自己跟金達之間的關係演變成了這種狀況，心中又好笑又彆扭。好笑的是，這次金達一定是在郭奎那裏碰了一鼻子灰，郭奎肯定狠狠地訓了一頓金達；彆扭的是，徐正才不相信金達會是真心認錯呢，他覺得金達這是在實力不濟的時候放低身架，好準備伺機反撲。

如果說以前徐正還沒有把金達當回事，只是覺得金達有些礙事的話，現在他開始認爲金達有些可怕了。理由很簡單，一個張牙舞爪、虛張聲勢的敵人是很好對付的，因爲自己會時時警惕他，並不害怕他的進犯；可是一個躲在暗處、表面友好的敵人就可怕了，因爲你不知道他什麼時候會發動攻擊，這讓你一刻不得鬆懈。

徐正心裏很明白自己是無法跟金達成爲一路人的，金達不管怎麼改變，他的正義感是不會變的，這就跟自己格格不入了。徐正知道自己是什麼人，他的一些行爲是經不起認真推敲的，如果讓金達發現，那他就等著倒楣吧。

另外一點，徐正很懷疑郭奎將金達放在自己身邊，是準備培養他來接自己班的，這從郭奎對金達的寵愛就可以看出一些端倪。放這麼一個強有力的競爭對手在身邊可不是件好事。

對徐正來說，金達成了一個危險人物，臥榻之旁豈容他人鼾睡，必須趕緊想辦法把這傢伙清理走。

金達接下來的行爲，更讓徐正感覺到他越來越危險了，金達竟然在市長碰頭會上主動做了檢討。

人們對主動認錯的人都有一定的包容心，副市長們便對金達的印象有了扭轉，李濤首先就被打動了。

說實話，李濤以前對金達有一些看法，覺得金達有些高傲，什麼看不順眼了，不分場合，不分對象，都很直接的發表意見，甚至有些時候讓人下不來台。現在金達主動認錯，讓李濤一下子又想起了他的好了，便鼓勵說：

「金達同志，其實你也並沒做錯什麼，你也是爲工作負責嘛。省裏和基層的同志是各有長處的，大家互相學習吧。」

其他副市長基本上都知道金達的後臺是郭奎，本身就敬畏金達幾分，現在金達的態度又這麼誠懇，他們自然願意跟金達搞好關係，因此都附和李濤的話，說金達是爲了工作負責，大家互相學習之類的話。

金達再次上演了認錯的戲碼，讓徐正心裏倒吸了一口涼氣，這傢伙是在收買人心啊，這樣下去怎麼得了？大家都知道金達後面站著的是郭奎，如果金達跟副市長們打成一片，那以後海川市政府會是誰說了算，還真是難說啊。

徐正心裏彆扭到了極點，可嘴裏卻說：「金達同志給我們這些基層的同志做了一個很好的榜樣，其實我們各自都有自己的缺點，今後要互相取長補短，好啦，繼續開會吧。」

海川市政府似乎成爲了一個團結的班子，原本常有不同意見的金達變得不再隨便發表意見，不會就別人分管的問題指手畫腳。即便被徐正點名要求發言，也不再任意批評、據理力爭了，即使是這個決策明顯存在某些方面的問題。

但內心中，金達是不願意這樣做的，他原本憧憬的仕途生活並不是這個樣子的，他心目中敬仰的官員應該是有能力敢承擔的人，是要真心爲老百姓做事服務的，而不是像這樣絲毫沒個性、同質化的官僚。

金達以爲他這麼妥協，徐正　幫人就會接納他，或者和平共處，但他想錯了，徐正越看他這麼做，越覺得他可怕，必欲除之而後快。

第七章

平衡手法

張琳猜測很可能是省裏面在徐正和金達之間的爭鬥中選擇支持徐正了，
讓金達去黨校學習只是一個緩衝，
學習完之後，省裏面可能將金達調離海川，另行安排工作。
這是一種平衡手法，也讓金達走得體面一些。

一份舉報信就寄到了各省領導的辦公室，上面羅列了金達在工作中的一些問題，還刻意把金達跟他分管的衛生部門的一些女性部門領導的相處融洽，描述成一種曖昧關係，說金達作風不正。又把在工作中一些禮貌性的小饋贈形容成了受賄，而這些小饋贈不過是些土產水果之類的東西。

郭奎看到這封舉報信，這上面的問題連查都不值得查，但是卻讓郭奎心中十分震驚。

對金達這段時間在海川的表現，郭奎一直在關注著，他很滿意金達已經脫去學者的外殼，慢慢開始學習如何做一個官員了。金達果然沒有讓他失望，懂得如何適應新的環境，如何生存下去，孺子可教也，假以時日，郭奎相信他一定會有很好的發展。

可金達都這樣忍讓了，卻仍有人寫他的舉報信，這就有點令人費解了，看來問題不僅僅在金達身上，海川市政府徐正這些人身上肯定也有問題。

聯想到徐正上次進省添油加醋的告金達的狀，郭奎心中就大體猜到了是徐正在搞金達的鬼，徐正容不下金達在海川的存在。

郭奎把省委副書記陶文找了過來，把舉報信遞給陶文，說：「老陶啊，你那裏收沒收到這封信啊？」

陶文翻看了一下，笑說：「收到了，寄信的人怎麼會缺了我那份呢。」

郭奎說：「那你怎麼看這封信？」

陶文笑笑說：「我覺得寫這封信的人別有用心，他應該明白這些內容都不足以引起上面的調查，可能只是想破壞金達同志的形象罷了。」

郭奎又說：「那你認爲寫這封信的人，真正的意圖是什麼？」

陶文說：「我覺得是某些人看金達同志在下面礙眼，故意給他製造出這麼些事端來，想要逼走金達同志。看來金達同志的工作環境很複雜啊。」

郭奎心中想的跟陶文是一樣的，他覺得是金達不知道觸及了徐正什麼利益了，徐正才會這樣對待金達，便說：

「海川市政府班子是不是有什麼問題了？徐正在百合集團和鴻途集團上面接連出現失誤，現在對金達同志又這麼排擠，他想幹什麼？」

陶文看了郭奎一眼，說：「徐正這個人本來就有些獨斷專行，我聽說金達同志下去之後，跟徐正吵過幾次，想來徐正不待見金達吧。」

郭奎說：「他們吵架的事情我也知道，本來我覺得可能是金達沒端正好態度，對基層工作的同志不夠尊重的緣故，現在看來，我把問題簡單化了。金達同志是一個很有能力、不錯的同志，把他放在徐正手底下似乎是有些不合適了。」

陶文問：「郭書記想給金達換地方？」

郭奎說：「我不是這個意思，我在想是不是暫時把金達抽離這個政治漩渦，我們好看看海川市的班子究竟出了什麼問題。」

陶文說：「那郭書記想怎麼辦？」

郭奎想了想說：「讓金達去學習一段時間吧。」

於是，金達就接到了省委組織部安排他去中央黨校學習半年的通知。

通知是張琳交給金達的，金達接到通知感到十分的意外，他不知道省裏突然讓自己去學習是什麼意思。他感覺自己剛下來工作的時間並不長，也看不出上面想要提拔他的意思，讓他去學習，這裏面的意味就有些令人難以猜測了。

金達看了看張琳，問道：「張書記，省裏面為什麼突然讓我去北京學習啊？」

張琳接到這份通知也很感意外，心中猜測很可能是省裏面在徐正和金達之間的爭鬥中選擇支持徐正了，讓金達去黨校學習只是一個緩衝，學習完之後，省裏面可能將金達調離海川，另行安排工作。

這是一種平衡手法，也讓金達走得體面一些。

當然，這些是不能跟金達明講的，便笑了笑說：「金達同志，去黨校學習是一件好事啊，說明組織上要你提高自身的素質，好準備擔負更重的任務啊。」

金達看了看張琳，他知道無法從張琳這裏聽到真實的原因，便接過通知，說了一句

「那我先走了」，便離開了張琳的辦公室。

金達去黨校學習的消息便在海川傳開了，大多人都認爲金達敗走海川，肯定是省裏對金達在海川的工作表現很不滿意，因此才會讓金達去學習的，這從金達前段時間在市長碰頭會上主動作檢討就可以看出來，那時候，金達肯定是意識到自己跟徐正的爭鬥讓省裏很不滿意，所以才會主動認錯，想要力圖挽回頹勢，可惜爲之已晚。

金達滿心沮喪的回了省城的家，一下子要進京半年，他也要跟妻子說一下。

妻子萬菊聽說上面派金達去北京學習，很高興，笑說：「這不是好事嗎，人家不都說進了黨校，很快就會提拔了。」

金達說：「提拔什麼，我下去工作才幾天啊，前些日子才被郭書記好一頓批，怎麼可能回轉頭來又提拔我？」

萬菊想想也是，便問：「那是爲什麼啊？」

金達說：「我想是郭書記想把我從海川調離，就先這樣過渡一下。唉，做個官怎麼這麼難啊？老婆，我是不是不適合從政啊？」

金達琢磨了很長時間，最終的結論是自己被徐正擠出了海川，這被他視爲是自己在海川的失敗，因此十分失落。

萬菊笑笑說：「你這個書呆子，書都讀到哪裡去了？這算是什麼大事嗎？去黨校學習，又不是給你什麼處分。就算最後學習完把你調出海川，上面最起碼也會安排一個跟現在相等級別的位置給你，你怕什麼？」

金達說：「可是郭書記似乎不再信任我了。」

萬菊開導說：「你怎麼知道郭書記就不再信任你了？你沒看就算是要把你調離，也先安排你去黨校學習一下，這不是充分考慮到你的感受了嗎？如果郭書記不是器重你，又怎麼會這麼安排啊？」

金達想想也有道理，看來萬菊在這件事情上比自己看得更清楚，他本來灰心到想要找郭奎要求調回原單位，還搞理論研究算了，此刻卻覺得不能輕言放棄，既然上面這麼安排，那就去黨校好好學習吧。

「可是要不要去見一見郭書記啊？」金達問道。

萬菊想了想說：「還是不見爲好，你現在去見郭書記要幹什麼？去跟他抱怨嗎？你就老老實實服從上面安排去黨校好了。」

第二天，金達沒有去找郭奎，直接坐飛機到了北京。

傅華在首都機場接了金達，他已經從海川的朋友那裏聽說了金達是被徐正排擠，才到中央黨校學習的，因此對金達臉上的鬱鬱之色也就不感覺奇怪了。

不過，張琳對金達似乎很重視，特別打電話來交代傅華，要他安排好金達在北京期間的生活。

傅華本來就對金達印象不錯，認為這個副市長有能力，又有正義感，是一個很優秀的幹部，因此對張琳說：「張書記，你放心，我會做好接待金達副市長工作的。」

傅華將金達先接到了海川大廈，晚上兩人一起吃了飯。

傅華對金達說：「金副市長，駐京辦就是您在北京的家，您在學習之餘，可以到這邊來放鬆一下心情。」

金達聽了，說：「那就麻煩你了，傅主任。」

席間，金達並沒有說什麼話，看得出來，他的心情還是很不好。

第二天，傅華送金達到中央黨校去報到。金達很快就辦好了報到手續，正式入住學生宿舍。

傅華見金達都安置好了，便離開了中央黨校。臨走的時候，跟金達說，週末會過來接他逛逛北京。

到了週末，傅華到黨校接了金達，問金達想要去哪裡玩，金達想了想，說：「北京應該有大型的古舊書市吧？」

傅華心說這傢伙果然是書生本色，便說：「有哇，北京的報國寺就很不錯。」

金達說：「那就過去看看。」

傅華就把車往報國寺開。路上，傅華跟金達閒聊，問道：「金副市長，在黨校裏學習還習慣吧？」

金達說：「很不錯，可以用驚喜來形容，學員們來自各地各行各業，什麼樣的人才都有，在講課的時候，很多學員談起自己的行業，引用資料精準，眼光獨到。你知道嗎，這一周讓我大開眼界，覺得自己像一隻井底之蛙。」

傅華笑說：「看來金副市長這一次真是來對了。」

金達笑笑說：「是啊，這半年看來我是有東西學了。」

很快就到了報國寺。報國寺是一座千年古剎，始建於遼，明代成化年間更名爲大慈仁寺，清乾隆年間重修後，改全稱爲大報國慈仁寺。隨著清初滿漢分居政策的實行，一些漢人文士寓居於此，北京當時書市遷入報國寺內，這裏也一度成爲京城文人士子彙聚之地。顧炎武、王士禎還有曾國藩都曾在此寄居。

現在的報國寺文化市場除古玩字畫、郵票錢幣之外，也設有專門的書報刊交易區，舊書交易在北京頗有影響。因爲喜歡收藏古舊書籍，這裏是傅華常來的地方之一。

由於是週末，報國寺裏面十分熱鬧，傅華和金達下了車，走進了市場內。

這裏的攤位鱗次櫛比，擺滿了你能想像到的所有可以收藏的物件：瓷器玉器、書畫郵品、中國及外國錢幣、徽章奇石，乃至舊玩具……應有盡有。

金達看了說：「這裏這麼熱鬧啊。」

傅華說：「盛世重收藏，如今人們手頭有了閒錢，便開始玩起收藏來了。」

金達笑著說：「不錯啊。」

兩人就邊看邊往裏走，在一個舊書攤上，傅華看到了一套舊刻本的曾國藩家書，便跟攤主討價還價了一番，買了下來。

金達問說：「傅主任也喜歡曾國藩？」

傅華笑說：「我很佩服他。說起來，這個報國寺跟曾國藩還很有淵源，他曾因肺病在此養病兩個月，據說他的理學思想就在這一期間成型的。」

金達說：「是啊，中國自古就有立功、立德、立言三不朽之說，而真正能夠實現者卻寥若星辰，曾國藩算是其中之一。這是文人的最高境界了，任何一個讀書人對此都應該敬佩。」

傅華說：「其實，我佩服曾國藩的不是這些，他的立功立德立言三項，不過是後人對其的過譽之詞，盛名之下其實難副的。」

金達很喜歡跟人這樣探討問題，傅華這種新穎的觀點馬上就引起了他的興趣，便說：「你說說看，爲什麼曾國藩的盛名其實難副？」

傅華笑說：「我並沒有很深的研究，說出來金副市長可不要笑我啊。」

金達饒有興致地說：「本來就是閒聊，姑妄說之，姑妄聽之。」

傅華便分析起來：

「好吧，那我就先說說曾國藩的德吧，有人說，曾侯始起，由穆鶴舫，這裏的穆鶴舫是指道光年間的權臣穆彰阿，穆彰阿是林則徐的政敵，對林則徐的禁煙頗多掣肘，後來更是與林則徐被貶新疆有直接的關係，在一般人的心目中，這應該算是一個奸臣的角色。而穆彰阿是曾國藩中進士的主考，是曾國藩的老師，野史上說，曾國藩之所以被授翰林院庶起士，與他媚事穆彰阿有著莫大的關係，他在考試後，將自己的考卷抄了下來送給穆彰阿看，得到了穆彰阿的賞識，自此在穆彰阿當政的時期，他十年七遷，從一個從七品的翰林院庶起士成爲了二品的內閣學士，如果說這期間他沒有討好過穆彰阿，打死我也不信。」

金達說：「這段野史我也看過，可信不可信很難說，不過他能十年七遷，做到二品大員，不媚事當權者，我想也是不可能的。」

傅華說：「對啊，還有，後來天京被攻破之日，他讓人分段搜殺，三日之間斃賊共十餘萬人，秦淮長河，屍首如麻，三日夜火光不息，其慘毒實較賊又有過之無不及。他弟弟曾國荃殺人如麻，縱兵焚城，搶得大量財物，曾國藩卻對朝廷奏稱『僞宮賊館，一炬成灰，並無所謂賦庫者，然克復老巢而全無貨物，實出微臣意計之外，亦爲從來罕見之事。』這樣的一個人轉過頭來去做什麼家書家訓之類的道德文章，其虛僞簡直是無人能敵。所以我說他的立德不過是塊遮羞布而已，他的道德如此，立言就更不用說了，他的學說自己都不能奉行，又怎麼能作爲後人奉行的準則呢？可笑的是，很多人不瞭解這一點，還對他頂膜禮拜，認爲他是完人。」

金達點了點頭，說：「有時候我們中國人很奇怪，喜歡把一些本不存在的人和事加以演義，再奉爲行爲的楷模，去學習，去膜拜。」

傅華說：「對啊，很多被後人奉行爲神的人物，在信史上根本就找不到他們那些所謂的光輝行爲，之所以成神，是後來的統治者爲了統治的需要，故意粉飾出來欺騙大眾的吧。」

金達說：「可能是啊，這也是一種愚民的手法。誒，你批評了曾國藩這麼多，怎麼又會敬佩他呢？」

傅華說：「其實曾國藩真正值得後人學習的，不是那些立功立德立言，而是他的韌性，他身上那種屢敗屢戰，打不死的韌性，才是他真正能夠打敗太平天國的原因，也是他能獲得成功最主要的原因。有人說曾國藩實際上並不懂軍事，他跟洪楊的太平天國打仗，並沒有使出什麼奇計妙策，而是每到一地，深溝高壘搞好防禦，等你來打我，只要你打不死我，我就反過頭來打死你，這是一種打死仗的笨辦法，沒有一種韌勁，沒有一種堅持，是無法勝利的。這種精神在今天也是很值得借鑒的。」

金達聽完，看了一眼傅華，他感覺傅華轉了一大圈，費了那麼多口舌，最終的重點就是在這個韌性上，倒好像是專門爲自己才說這番話的。

金達笑說：「傅主任啊，我真沒想到你會說出這麼有哲理的話來，受益匪淺啊。」

傅華不好意思地說：「讓金副市長見笑了，其實這只是我自己的一點感悟而已，你看我做駐京辦這個工作，有時候難免遇到許多不如意，這時候我就會想到曾國藩這種打死仗的精神，就覺得自己既然選擇了這條路，就要堅持下去。事後的經驗證明，只要堅持下去，很多難題就會迎刃而解的。」

這一次，傅華的話說得更明白了，金達點了點頭，說：「傅主任，真是受教了，現在想想，在從政這條道路上，還真是要有這種打死仗的精神啊。」

傅華看金達臉上初來北京的鬱鬱之色不見了，心知他已經被自己的這番話鼓起了鬥志，便低頭開始繼續挑揀舊書，不再說什麼了。

兩人逛了一上午，金達也是愛書之人，和傅華一樣頗有斬獲，雖然弄得兩手髒髒的，心裏卻很愜意。

中午，兩人在海川大廈吃午飯。

金達說：「傅主任，據我的觀察，你這個人似乎胸中很有抱負啊，爲什麼不去爭取更有發揮的位置呢？難道這駐京辦就這麼吸引你嗎？」

傅華笑說：「金副市長看錯我了，我對目前的工作狀況很滿意。」

金達搖了搖頭，說：「我不相信，我感覺你應該有更大的舞臺才對。」

傅華笑了笑，說：「人的際遇不同，在我想做點成績的年紀，母親重病纏身，我爲了盡孝，不得不回到海川，也不得不把更多的心思放在她老人家身上。現在她老人家去世了，我的心也淡了，沒那種爭名奪利的心了。其實我目前的狀態也挺好的，視野開闊，又不用操太多的心，很適合我。」

金達聽了說：「我說嘛，你這種人才，我還奇怪爲什麼會在海川工作，現在明白了。不過以你的能力陷身於這種送往迎來的工作之中，真是太浪費了。」

傅華笑笑說：「金副市長是高看我了，駐京辦這裏很好啊，我樂在其中。」

金達說：「還是你這種心態好，能夠享受工作是一種幸福，多少人工作只是爲了生存，而不是享受工作的樂趣。就像我吧，怎麼說呢，做這個副市長，有點像一個誤入叢林的小白兔，本來以爲自己可以有一番作爲的，可是還沒怎麼折騰就已經出局了。」

傅華聽了，說：「這話說得不對，誰說你出局了？」

金達笑笑說：「別當我是傻瓜了，我知道你上午拐彎抹角就是想給我打氣而已，你如果不是認爲我陷入了困局，大概也不會跟我說那番打死仗的話吧？」

傅華摸了摸頭，說：「看來我是班門弄斧了。」

金達說：「沒有，你說的這番道理，我不是不懂得，只是沒往這方面想過，還是很受教的，等回頭學習完了，我會在新的位置上把你這番理論付諸實施的。」

傅華問：「金副市長，你怎麼就這麼肯定自己一定會離開海川市呢？」

金達愣了一下，說：「你是說我有可能還留在海川？很多人都覺得我這次來黨校學習就是省委的一個平衡手法，學習完之後，一定會安排我離開海川市的。」

傅華笑說：「那也未必，我倒認爲這種可能性很低。」

金達看了傅華一眼，說：「怎麼說？」

傅華說：「你認真分析一下現在海川市政府的班子，就會發現像金副市長這樣的青年才俊是難能可貴的。」

現在海川市幾個副市長當中，常務副市長李濤已經上了年紀，這一屆之後，肯定會退下去。其他幾位副市長，基本上算是尸位素餐的人物，如果想要從中挑出什麼有能力的人物還真成問題。可以說海川市政府現在完全是由徐正在支撐的，後備人才嚴重欠缺。

金達想了想，覺得傅華說的很有道理，不禁說道：「傅主任，你這是一語驚醒夢中人啊。可是我不明白，爲什麼我去海川這麼短時間，腳跟還沒站穩，就被派出來學習？」

傅華笑說：「金副市長是聰明人，這個道理你應該能想明白的。」

金達苦笑了一下，說：「我不笨不假，做學問我不比任何人差，但對這仕途，我還真是門外漢，要不然也不會處處碰壁了。」

傅華笑說：「那你是沒把心思放在這上面。其實你認真想一想，就會覺得被派出來學習是對你的一種保護。」

金達好奇問道：「爲什麼啊？」

傅華說：「我想省裏這時候把你從海川抽離出來，是想給你一個空間和時間，不要陷在海川的政治鬥爭之中。」

金達看了看傅華，說：「看來我跟徐正市長之間的矛盾，現在是路人皆知了？」

傅華說：「金副市長應該知道仕途中人對這種政治鬥爭的戲碼是最感興趣的，這種消息還瞞得過誰啊？」

金達說：「可是我最近一段時間已經很低調了，又主動向徐正同志認錯了，我覺得我們之間應該沒什麼真正的利益衝突了。」

傅華搖了搖頭，他最瞭解徐正不過了，徐正是一個聰明的人，而且還是一個自以爲聰明的人，這種人不會輕易相信一個人。可以說金達不低頭認錯，徐正還不會把他當做真正的對手，因爲在政治操作方面，金達實在稚嫩得很，不值得重視；可是金達低頭認錯了，他反而會認爲金達低頭是想要先退一步再伺機報復，認爲金達是危險的。

傅華笑說：「你是太不瞭解我們的徐市長了。」

金達對傅華跟徐正之間的矛盾也有耳聞，便說：

「我聽說過傅主任跟徐市長之間的事，這麼算來，我們是同一陣壕的人。我很想知道，當初你們爲什麼衝突了起來？」

徐正想整傅華也是路人皆知的，傅華便不再遮掩，說：

「其實我們跟徐市長產生矛盾的原因是一樣的，我們都認爲是在工作，根本沒去針對誰，徐市長卻認爲是對他權威的冒犯，所以我們才會不知不覺得罪了他。說到底，徐正是個個性狐疑的人，除非你對他千依百順，否則他一定會認爲你是在針對他。」

金達聽了說：「你這麼說我就明白了，一個個性狐疑的人是不會相信我的認錯的。所以我以爲事情已經過去了，可是人家並不這樣認爲。唉，這裏面真是複雜啊。」

傅華笑說：「現在你大概明白我爲什麼認爲駐京辦主任這個位置不錯了吧？這裏的

爭鬥相對來說簡單多了。」

金達苦笑了一下，說：「我當初還覺得憑著一腔熱血就可以在這條路上做出點成績來，現在看來真是太幼稚了，這裏面這麼複雜啊。」

傅華說：「金副市長，你也不用想得太複雜，這世界是很奇妙的，往往越是用盡心機的人，卻越難以得償所願，反而是那些相對簡單的人容易成功。你不要灰心，我倒覺得形勢對你來說是很有利的。」

金達笑笑說：「我現在身在局外，倒不知道怎麼會形勢有利？」

傅華說：「身在局外，才不會犯錯誤，半年時間說長不長，說短不短，會發生很多事情，誰知道半年之後形勢會是什麼樣子？我相信只要金副市長你自己不繳白旗，就一定不會輸的。」

傅華這麼說，是因爲他在對金達有限的接觸中，知道金達身上有一種強烈的正義感，自古邪不勝正，他不相信郭奎會因爲金達的一些小失誤就放棄他，當初郭奎欣賞金達應該就是因爲他的這種正義感吧，所以他才認爲金達到黨校學習是郭奎對金達的保護。

金達笑說：「我都身在局外了，還不算繳了白旗啊？」

傅華笑笑說：「不算，我倒覺得你現在在外面學習，正好發揮你的長處，我覺得你當初對海川建ＣＢＤ的分析很到位，說明你在經濟方面很有戰略眼光，倒不如趁著這半年的學習時間，好好考慮一下海川未來的發展戰略。」

金達眼睛亮了，這確實是他的長處，他看了傅華一眼，笑著說：

「傅主任，想不到你這麼瞭解我，你說的話，我真要認真的思考一下。說來我去海川這段時間，對海川的整體形勢也有了一定的瞭解，正好在這個基礎上思考一下海川的未來。不過，你對海川更瞭解，你也不要閒在一旁，要多給我些參考意見啊。」

傅華說：「只要金副市長不嫌我的觀點錯漏百出就好了。」

金達這時候才真的感覺到此次來北京學習，真是不虛此行，遇到了傅華這個知己，這對他來說是一個莫大的收穫。

吃過午飯，傅華就把金達送回黨校了。

在黨校門口下車的時候，金達跟傅華約定了要常保持聯絡，他有很多問題要跟傅華交流。

傅華看著金達進了校門，這才調轉車頭往回開，他很欣慰能夠重新鼓起金達的鬥志。

其實在內心中，傅華並不是像他跟金達說得那麼輕鬆，反而很沉重，他對金達被派出來學習的第一感覺，就是徐正的勢力現在在海川占了上風，這可不是他樂於見到的局面。

傅華認爲張琳這個人雖很正派，可是在徐正面前表現的軟弱了一點，很多時候明明徐正是錯的，可是爲了維護班子的團結，張琳不但不去糾正徐正，反而會選擇支持徐正。

如果徐正的勢力在海川市占了上風，張琳是無法制約他的，那海川就可能是徐正的天下了，這不論是對海川市還是對傅華都不是一件好事。因此傅華才費盡心機鼓起金達的勇氣，他要爲海川市多保留一份正義的力量。

時間尙早，傅華不想回家，就去了曉菲的四合院。

雖然已經入秋，可是北京的氣溫並沒有馬上降下來，午後反而有些燥熱難當。曉菲的四合院中午沒有營業，門口有些冷清，傅華推開門走了進去，見曉菲正在正屋門前的躺椅上酣睡，便輕手輕腳走了過去。

服務小姐看到傅華，要迎過來，傅華向她擺了擺手，示意不用她管。服務小姐認識傅華，知道他跟曉菲很熟，也就忙活自己的事情去了。

睡著了的曉菲脫去了她個性中的張揚部分，看在傅華眼中便分外的甜美，他很喜歡這樣子的曉菲，有一種女性的嬌柔。

想到這裏，傅華心中不禁暗自好笑，他內心是喜歡柔弱的女性的，偏偏出現在自己生活中的女人都很強勢，鄭莉是，趙婷是，眼前這個曉菲更是。

現在這個社會似乎有一點男女顛倒了，男人越來越女人化，他甚至見過比女人還美麗的男人，那種風情讓人都有我見猶憐的感覺。而女人卻有越來越男性化的趨勢，一個比一個的野蠻，再不復見那種小鳥依人的嬌弱。

這時，睡夢中的曉菲不知道是不是夢到了在吃什麼，嘴巴像孩子一樣咀嚼了幾下，看在傅華眼中，油然浮起了一種憐惜之情，忍不住伸手去曉菲鬢邊輕撫了一下。

曉菲被驚醒了，慵懶的睜開眼睛，看了一眼傅華，說：「什麼時間來的？」

傅華說：「來一會兒了，看了好一幅海棠秋睡圖啊。」

曉菲笑說：「去你的吧，現在是秋天好不好，秋天哪裡來的海棠啊？」

傅華吟唱道：「幽姿淑態弄春情，梅借風流柳借輕，真是人比花嬌媚啊。」

曉菲看了一眼傅華，伸手過來摸了摸傅華的額頭，說：「你沒發燒啊，怎麼突然對我情意脈脈了，誒，傅華，你這是在誘惑我嗎？」

那個平時的曉菲回來了，那股慵懶的風情就不見了，傅華忍不住搖了搖頭，說：「唉，曉菲啊，你就不能多像一個女人一會兒嗎？」

曉菲笑說：「你喜歡睡著的我？」

傅華說：「是啊，這個時候你比較像女人。」

曉菲抬腿踹了傅華一腳，說：「去你的吧，你在說我不像女人？這麼說你老婆很女人了？」

這時服務小姐見曉菲醒了，就給傅華拿了一個凳子出來。

曉菲笑罵服務小姐說：「小王，你真差勁，看到這傢伙鬼鬼祟祟進來，也不叫醒我，就讓這傢伙在一旁輕薄我啊？」

服務小姐笑了，說：「我以爲菲姐你喜歡這個樣子呢。」

傅華沒想到服務小姐會這麼說，撲哧一聲笑了出來，曉菲臉騰地一下子紅了，揮手對服務小姐說：「去去，你知道什麼，去忙你的去吧。」

服務小姐笑著離開了。

曉菲看了看傅華，說：「你笑什麼，我喜歡你，這大家都知道的，你很高興是吧？」

傅華忍不住笑了，他發現自己對曉菲的感情越來越濃烈了，便伸出手握住了曉菲的手，那隻手那麼小，那麼軟，柔若無骨，卻是炙熱的，毫無意志聽任傅華擺佈的樣子。

兩人的手越來越滾燙，曉菲嬌聲呻吟著，身子軟軟的靠向了傅華，眼光熾熱地看著他，嘴唇微微拱起。傅華心中頓時湧起一股異樣的熱流，便俯身噙住了那鮮紅的嘴唇。

世界都不見了，所有的聲音也像被吸進了黑洞一樣消失了，傅華感覺所有的物體都靜止了，融化了，凝結在這甜蜜的一刻。

不知過了多久，曉菲先從夢幻中醒了過來，推開了傅華，低聲說：「好啦，別人看著呢。」

服務小姐聽到了，在屋內笑著說：「菲姐，放心吧，我什麼都沒看到。」

曉菲臉更紅了，笑著叫道：「小王，你是不是想討打了？你這個服務員怎麼幹的？還不趕緊送些茶水出來。」

服務小姐笑說：「好啦，我馬上送過去。」

曉菲便整了整衣服，坐端正了，服務小姐送了茶水出來，斜睨了傅華一眼，說：「傅先生，請喝茶。」

傅華的臉也紅了，接過茶杯，說了聲謝謝。

服務員送完茶，知趣的回了裏屋，曉菲看了看傅華，說：「你還沒跟我說你老婆是不是很女人哪？」

傅華笑說：「她跟你一樣，對男人兇得很。也不知道這社會是怎麼了，這麼流行野蠻女友。」

曉菲聽了，笑說：「那是你們男人不行，我要是遇到一個強悍的男人，我一定乖乖地靠在他身邊，他說什麼是什麼。可惜我一直沒遇到。」

傅華故意說：「你這是在說我軟弱嗎？」

曉菲說：「是啊，你身上有男人的氣魄嗎？你敢來征服我嗎？」

傅華看到了曉菲幽怨的眼神，頓時渾身的氣力都像被抽空了一樣軟了下來，這世界不是一加一等於二這麼簡單，感情方面尤其如此，他可以享受跟曉菲現在這種曖昧，可以跟曉菲糾纏不清，可是真要越過那道雷池，他又覺得是背叛了趙婷。

他喜歡曉菲，卻下不了決心去真真實實的擁有曉菲，即使只是一種小小的不軌之戀。

傅華在趙婷和曉菲之間首鼠兩端，他越來越擺不正自己的位置，明知他不能同時擁有這兩個美麗的女人，卻貪心的想要兩者兼得。

一段佳話

劉康打趣說：

「我記得看過《史記》中有一段廉頗藺相如列傳，當時我就很為廉頗和藺相如那段將相和感動，今天看到兩位這段將相和的真實重現，相逢一笑泯恩仇，真是太令人感動啊，他日這必定是一段佳話啊。」

見傅華一副頹然的樣子，曉菲便知道他退縮了，便說：「怎麼，是不是又在想負不負責的問題了？膽小鬼。」

傅華看了看曉菲，說：「這不是負不負責的問題，是我心中感覺對不起我老婆，有一種負罪感。」

曉菲瞪了傅華一眼，沒好氣的說：「那你親我是什麼意思，玩一玩？」

傅華嘆了口氣，說：「情難自禁，那一刻我也控制不住自己。」

曉菲不說話了，傅華也不知道該說什麼，兩人便陷於沉默之中。

過了一會兒，曉菲看著傅華的眼睛，有些不服氣的說：「什麼時間帶你老婆給我認識一下吧，我倒要看看這個能打敗我，讓你不離不棄的女人究竟是長什麼樣子。」

聽曉菲這麼說，傅華愣了半晌，說：「這個嘛，不太好，我老婆那個人挺敏感的……」

曉菲看了看傅華，說：「看來你還是愛你老婆多一點，挺保護她的。」

傅華變得尷尬了起來，他不喜歡這種比較，便站了起來，說：「曉菲，我突然想起來辦公室有點事情沒做，我先走了。」

曉菲沒說什麼，只是靜靜地看著他。

傅華更加尷尬了，說：「我真是辦公室裏有事。」

曉菲淡淡地說：「你要走就走吧，跟我解釋什麼，我又不是你老婆。」

傅華心中很矛盾，他既感到自己跟曉菲之間的曖昧再往前走就會進入到危險的境地，可是他對曉菲又有一種依戀。

最後，他想到自己已爲人夫，已經沒有再往前進一步的可能了，反正注定要虧欠一個人，也只能虧欠曉菲的了，便硬起了心腸，也不看曉菲就往外走。

曉菲見傅華真的要離開，心中嘆了口氣，這個男人終究不是屬於自己的，她感覺以傅華的個性，這次離開可能再也不會像以往那麼隨意就過來，心中便有一種被遺棄的感覺，連忙站了起來，緊走兩步，跟上了傅華，說：「我送送你。」

傅華沉默著走到了門口，轉頭要向跟在身後的曉菲道別。

曉菲沒想到傅華會在這時候突然停下來，她本來跟得就急，便有些剎不住車，差一點就撞到了傅華身上。

四目相對，曉菲突然有種很渴望的感覺，她不止一次在夢中跟這個男人糾纏在一起，那種感覺是那麼的真實，醒來之後，卻又是那麼的失落，她無法解釋自己爲什麼這麼迷戀這個男人，還是一個結了婚的男人。

此刻，她有一種快要崩潰的感覺，喊了一句：「傅華，我不想你走。」便撲上去緊緊抱住了傅華，在傅華臉上不停的亂吻著。

曉菲灼熱的嬌軀點燃了傅華，他的腦袋頓時沸騰了起來，情不自禁的嘆了口氣，便也緊緊抱住了曉菲，身子狠狠頂住了曉菲，恨不得將她嵌入自己的體內。

曉菲的身體緊貼著傅華，男人的氣息讓她迷醉，一種難以克制的火焰在身體裏流竄，她的嬌軀扭動著，雙唇拚命吸吮著，想要把傅華吸進自己體內。

兩人都陷入一種瘋狂，失控的索取著對方。

這時正屋的門響了一聲，服務員出來收拾東西，雖然服務員走路的聲音並不高，可傳到傅華的耳朵裏卻像打雷一樣響亮。

他顫慄了一下，心說自己這是怎麼了？理智在這一瞬間回來了，傅華停了下來，離開了曉菲的嬌軀，說了聲「對不起。」轉過身來逃也似地離開了。

曉菲還沉醉在剛才的激情中，渾身酥軟，站都站不住，只能依靠在影壁上，甜蜜的笑著，她看著逃竄的傅華的背影，心裏暗道：這個男人是喜歡自己的，他終究有一天會跟自己身心都融合在一起的。

傅華衝出了四合院，這一刻，他的心砰砰的亂跳，剛才幸虧是在院子裏，如果是在房間裏，那肯定會跟曉菲越軌的。

自己這是怎麼了，怎麼這麼沒自制力啊！他心裏暗自感到害怕，平靜了好一會兒，才發動車子，開車回了家。

趙婷還在臥室裏午睡，她有一個理論，說男人靠吃，女人靠睡，睡覺是女人養生的最好方法。

傅華進了臥室，他體內的火焰並沒有熄滅，這一刻他想見到趙婷，好平靜一下他起伏不定的心神。

臥室裏很安靜，甜睡中的趙婷呼吸均勻，傅華心定了不少，坐在床邊看著趙婷。

過了一會兒，趙婷醒了過來，看到傅華坐在床邊看著自己，嬌笑著說：「老公啊，你這麼看我幹什麼？」

傅華說：「你好看嘛。」

趙婷笑了，慵懶地伸出手，像個孩子似地說：「來，抱抱我。」

傅華俯身過去抱住了趙婷，趙婷也緊緊的抱住了傅華，傅華再次熾熱起來，動手去剝趙婷的睡衣，趙婷嬌哼了一聲，說：「不要啦，人家剛睡醒，還懶懶的，等晚上吧。」

傅華身體已經沸騰起來，懷裏又是自己的嬌妻，這時候怎麼還停得下來，便親吻著趙婷，蠻橫的將趙婷身上的衣物剝光。趙婷略微掙扎了幾下，身子就軟了下來，任由傅華擺佈了。

因爲有曉菲的刺激，傅華便分外的有感覺，他一次又一次的撞擊，直到把他和趙婷的身體都被撞成了碎片，隨著潮水湧到了最巔峰。

在那最快樂的時刻，傅華眼中趙婷興奮的臉，忽然變成了剛才在四合院臉龐潮紅、呼吸急促的曉菲的臉，他心裏嘆了口氣，自己是被這個女人蠱惑了。

平靜下來的趙婷依偎在傅華懷裏，嬌聲說：「老公，你今天怎麼這麼勇猛，剛才在外面看了什麼了？」

傅華卻沒有心思去跟趙婷開玩笑，他知道自己的心越來越難以穩定下來，他需要更多的東西好拴住它，便看著趙婷，說：「小婷，我們要個孩子吧？」

趙婷的身子僵硬了一下，陪笑著說：「老公，我還年輕，不想馬上就被孩子拴住，是不是再過些時候再討論這個問題？」

傅華的臉沉了下來，孩子是他跟趙婷之間的一個心結，已經三十好幾的他很渴望擁有一個自己的孩子，可是趙婷才二十多歲，還想多過一些兩人世界的生活，更害怕懷了孩子身材會變形，所以一直不肯答應。

傅華嘆了口氣，便說：「算了，你想等等那就再等等吧。」

趙婷輕撫著傅華的胸膛，說：「老公，你不高興了？」

傅華淡淡地說：「沒有。」

趙婷撒嬌著說：「你語氣明明就是不高興了，要不，你再給我一年時間，再過一年，我保證給你生個胖兒子，好不好？」

傅華笑了，說：「好啦，這可是你說的啊。」

晚上，在海川。

劉康陪著徐正來到了海盛山莊，鄭勝已經等在門口了。

鄭勝買下的地塊已經辦好了開發手續，因此專門邀請徐正來海盛山莊做客，好答謝他。

徐正原本不想來海盛山莊的，他覺得太顯眼，可是劉康說：「現在海川誰還敢惹徐市長啊，怕什麼！」徐正一想也是，最礙眼的金達都已經被郭奎流放到中央黨校去了，眼下的海川，除了張琳之外，哪個人敢不服從自己，便答應了下來。

徐正跟鄭勝寒暄了幾句，便一起走進了山莊。

坐定之後，鄭勝說：「趁還沒喝酒，先把事情辦了。」說著，便拿出一個薄薄的信封，遞給了徐正，說：「這一次感謝徐市長大力相助，我們才能拿到這麼便宜的一個地塊，一點心意，還請收下。」

徐正看了看鄭勝，說：「鄭總啊，你這就不對了，我們市政府不過是依法處理而已，並且該處罰的都處罰了，我沒幫你做什麼啊，無功不受祿，這個還請收回去。」

鄭勝笑說：「這就是徐市長您的高明了，我們雖然被處罰了，可是另一方面也確實很好的維護了我們合法的利益，我們實在很感激啊。」說著，看了看劉康，示意劉康幫自己說說情。

劉康伸手去接過信封，放到了徐正面前，說：「徐市長，這裏只有我們三個人，都是好朋友，沒有外人，就不要客氣了。」

徐正便不再拒絕，說：「那就謝謝了。」便拿起信封，手捏了一下，裏面是一張硬硬的卡片，便知道是銀行卡，順手揣進了兜裏。

鄭勝看徐正把東西收下了，便說：「徐市長真是太客氣了，謝什麼，這是應該的。好啦，正事辦完了，可以上菜了。」

菜陸續上來，鄭勝給徐正倒上了酒，邊說：「這次我真是佩服徐市長的政治手腕，太高明了，既幫我們拿到了地，還合情合理，讓別人挑不出什麼毛病來。」

劉康在一旁附和說：「豈止是這樣啊，還把那個叫金達的副市長趕到中央黨校讀書去了，那個傢伙也是，真是書呆子一個，老是跟徐市長對著幹，真是應該好好再去讀讀書了。」

徐正聽了，笑說：「別這麼說，省裏那是重視金達同志，進黨校讀書，那可是我們這些基層幹部的一個夢想，估計金達同志深造之後，一定會高升的。」

徐正對金達去中央黨校學習這件事情心中是很高興的，他認爲省委這次將金達送走，一方面說明省委認爲海川市離開他徐正不行，另一方面也表明金達失寵於郭奎了，送金達去黨校讀書，是讓省委和金達都有臺階下。

徐正相信金達學習結束之後，省裏面一定會給金達一個新的職位，也許還會升一級，可是應該只是閒職，不會再這麼重用他了。

鄭勝立刻說：「對，對，一定會高升出海川的。」

眾人哈哈大笑了起來。

這時，一個服務小姐走了進來，趴在鄭勝耳邊說了幾句話，鄭勝抬起頭看了看徐正，說：「徐市長，市委副書記秦屯來了，聽說您在這裏，他想過來一起坐一坐。您看可以嗎？」

徐正看了看鄭勝，又看了看劉康，他很懷疑秦屯此刻來是兩人刻意安排的。徐正看劉康神色如常，自顧的吃著菜，而鄭勝正看著他，等著他發話。看他們的神態，好像秦屯真的是碰巧過來的一樣。

徐正心中一想，就算是他們刻意安排的又怎麼樣？自己現在正需要跟秦屯達成某種合作的意向，張琳在鴻途集團事件中狠狠地將了他一軍，讓他意識到張琳並不像外表上看似的那麼跟自己合作無間，暗地裏還不知道在憋著什麼壞呢。因此目前在海川，自己最大的對手應該就是張琳了。

由於張琳在海川工作的時間比自己長很多，根基比自己深厚，而市委書記是掌控了人事大權的，如果自己不聯合秦屯，怕是很難對抗張琳的。

因此，徐正雖然從心底裏看不起秦屯，可是迫於形勢所需，也不得不考慮跟秦屯的聯盟。此刻秦屯突然闖了過來，想要跟自己坐一坐，徐正相信他跟自己的想法差不多，也是想跟自己聯合起來對付張琳。

敵人的敵人就是朋友，雖然他們曾經是敵人過，因爲目前最重要的敵人是張琳，需要兩人一起對抗。便笑了笑說：「秦副書記來了，快歡迎啊。」

鄭勝就對服務小姐說：「快去把秦副書記請過來。」服務小姐就出去了。

過了一會兒，秦屯走了進來，衝著徐正說：「徐市長，我過來吃飯，沒想到在這裏遇到你。」

徐正笑笑說：「我也是被這兩位朋友請來的，秦副書記既然過來了，就一起坐吧。」說著，徐正伸出了手，秦屯跟他用力握了握手。

秦屯又看看劉康，說：「劉董也來了。」

劉康也跟秦屯握了握手，說：「鄭總邀請我和徐市長來做客的。」

呢？」

秦屯看了看鄭勝，說：「鄭總你不夠意思啊，能邀請徐市長和劉董，怎麼就不請我呢？」

鄭勝笑了笑，說：「你這不是不請也來了嗎？」

秦屯笑罵道：「你這傢伙，是說我厚臉皮是吧？」

徐正笑笑說：「既然來了，大家就都一樣，我們坐下說話吧。」

四人坐了下來，服務小姐就過來給秦屯擺好了餐具，鄭勝拿起酒瓶，給秦屯倒滿了酒。

鄭勝端起自己的酒杯，說：「今天徐市長、秦副書記以及劉董能到我這個小地方做客，我鄭勝感到非常的榮幸，這一杯我先敬各位，感謝各位賞光。」

秦屯說：「鄭總啊，這杯酒你先不要敬好不好，把這機會先讓給我。」

鄭勝笑了，說：「秦副書記，你這可有點喧賓奪主啊。」

秦屯笑笑說：「我這麼做自有道理。」

「好，那你先來。」鄭勝說。

秦屯端起自己的酒杯，對徐正說：

「徐市長，這杯酒我想敬你，怎麼說呢，我們也算共事有一段時間了，剛開始的時候，我受那個孫永的蠱惑，做了一些對徐市長您不太好的事情。孫永出事後，我就醒悟了，感覺到自己真是有點昏了腦子，所以一直想跟徐市長說一聲對不起，可是一直沒找到合適的機會。今天很感謝鄭總提供這麼一個機會，讓我可以跟你說聲抱歉。徐市長，你大人大量，如果肯原諒我，就和我一起乾了這杯。」

秦屯這是主動求和，姿態算是做得很低了，徐正笑了，說：「那都是過去的事情了，我早就忘記了，沒想到秦副書記還記在心裡。好吧，我們一起乾了這杯，把以前的芥蒂都消除掉。」

秦屯說：「好，都消除掉。那我就先乾爲敬了。」說著，碰了一下徐正的酒杯，仰脖就把一杯酒全部喝掉了。

徐正笑笑說：「秦副書記真是痛快。」也把杯中酒一口喝掉了。

劉康和鄭勝鼓起掌來了。

劉康打趣說：「我記得看過《史記》中有一段廉頗藺相如列傳，當時我就很爲廉頗和藺相如那段將相和感動，今天看到兩位這段將相和的真實重現，相逢一笑泯恩仇，真是太令人感動啊，他日這必定是一段佳話啊。遺憾的是沒有司馬遷這樣的史官，不能記錄下這美好的一刻。」

徐正心裏暗自好笑，不過是兩個人出於利益的一場勾結，卻被劉康這傢伙說成佳話了，他說：「劉董真是會湊趣，不過，用將相和來形容還真是很貼切。」

說著，徐正和秦屯相互看了對方一眼，哈哈大笑了起來。

秦屯把跟徐正的心結打開後，酒桌的氣氛就融洽了起來，大家你敬我我敬你，不覺就醺醺然了。

酒宴結束，鄭勝邀請徐正和秦屯、劉康三人到山莊的桑拿室洗桑拿，秦屯已經喝得十分興奮，就跟著鄭勝一起邀請徐正去放鬆一下，沒想到徐正卻說他晚上還有事，要先走一步，就不一起去了。

徐正是今天的主角，他不去，鄭勝就覺得有些不是滋味，他私下可是做了很好的準備，還特別準備了兩個還沒開過苞的女人，想要讓徐正好好爽一下。

徐正是海川市政府的一把手，很多事情他說話就算數，不像秦屯，辦事還要拜託別人，因此鄭勝很想就此機會跟徐正打通天地線，日後再辦什麼事，直接找徐正就可以了。

鄭勝又看了看劉康，劉康會意，說：「徐市長，也沒什麼，就是洗洗桑拿，沒特別的節目，一起輕鬆一下吧？」

徐正心知現在所謂的桑拿，都是以特別節目爲壓軸的，他現在對秦屯並不完全信任，因此對兩人一起做這些事便心生芥蒂。

他笑笑推辭說：「劉董，我晚上真的有事，沒辦法留下來，你們去玩吧，不要管我了。」說完，站起來就往外走。

劉康見徐正執意要走，也覺得留下來沒什麼意思，而且劉康也有事情要跟徐正說，便說：「既然徐市長要走，那我就跟徐市長一起走吧，我老頭子上了年紀，熬不了夜啦。」

鄭勝見兩人都要走，急說：「劉董，這樣不好吧？」

「下一次吧，我先走了。」劉康也跟著徐正後面走了出去，鄭勝和秦屯無奈，只好跟在後面把兩人送了出來。

徐正和劉康就離開了山莊，秦屯和鄭勝站在山莊門前，看著他們的車子遠去，直到看不見了，這才轉身進了山莊。

鄭勝邊往山莊裏走，邊問秦屯：「秦副書記，徐正是不是有什麼不滿意啊？怎麼就不肯留下來呢？」

秦屯冷笑了一聲，說：「他不是不滿意你，是心中對我還存著一份警惕，所以才不敢留下來。」

鄭勝不解地說：「不應該啊，我們現在算是在一個戰壕裏的了吧？他怎麼還這麼疑神疑鬼的？」

秦屯笑說：「什麼一個戰壕的，也就是爲了眼前的利益互相利用而已。而且徐正這個人一向謹慎，不肯輕易給別人留下把柄，尤其是不想在我這個同事前做那種事情。」

鄭勝說：「這傢伙挺滑頭的，話說得道貌岸然，外表看上去挺像那麼回事的。」

秦屯冷笑一聲說：「是啊，一嘴的仁義道德，滿肚子的男盜女娼，你還記得那個吳雯嗎？」

鄭勝立即說：「當然記得，那個大美人誰不記得？」

秦屯說：「我懷疑徐正跟那個吳雯有一腿，吳雯在海川的那段時間，徐正那個精神勁啊，真是有春風得意之感，可是後來吳雯在北京被殺，你沒看徐正那陣子失魂落魄的樣子，就算是他娘老子死了也沒這樣子過。」

鄭勝回憶說：「說起這件事情，確實很令人蹊蹺，先是吳雯突然拋開海川的一切去了北京，然後就傳來她被殺的消息，那陣子我見劉康精神狀態也是很差，似乎吳雯的死讓他很傷心。」

秦屯冷笑一聲，說：「什麼很傷心，我懷疑這件事情根本就是徐正和劉康殺人滅口，肯定是吳雯掌握了這兩個傢伙的什麼把柄，迫使他們用雷霆手段殺人滅口。這是兩個狠角色，鄭總啊，你跟他們打交道可要小心啊。」

秦屯這麼說，一下子讓鄭勝聯想到之前他被小田威脅時的情景，心中頓時有不寒而慄的感覺。原本吳雯的死他還沒有往這方面聯想過，秦屯這麼一說，越想越覺得殺人滅口的可能性很大。想到劉康能對曾經跟他那麼親密的吳雯痛下殺手，連鄭勝這樣曾經混過社會的人都覺得心狠手辣。

鄭勝說：「秦副書記這麼說還真是，這倆傢伙還真是需要小心應對。」

秦屯並不知道鄭勝曾經對吳雯下過手，結果卻被劉康手下的人好一頓教訓，對劉康的手法早就有所瞭解，他只是看鄭勝很巴結徐正，知道徐正的能力要遠大於自己，鄭勝如果巴結上了徐正，那他秦屯就變得可有可無了，這可不是他想看到的局面，因此才提出警告，要鄭勝跟徐正保持一定的距離。

秦屯見鄭勝神態嚴肅了起來，以為自己的警告起到了作用，便說：「你知道就好了，誒，你今晚給徐正準備了什麼好貨色啊，他不要，是不是可以讓我替他享受一下？」

看秦屯一臉好色的表情，鄭勝心中暗自好笑，這傢伙還真是色中餓鬼，他當然不肯把為徐正準備的好貨色都便宜了秦屯，可也知道不給秦屯一點甜頭吃，這傢伙是不肯甘休的，便笑了笑說：

「我為徐正準備了個沒開過苞的，他既然不要，那就送給秦副書記享受了。」

秦屯一聽是沒開過苞的，眼睛頓時瞇成了一條縫，一副饞涎欲滴的樣子，說：「好，好，那還等什麼，快領我去吧。」

車子出了山莊，劉康看了看徐正，問道：「徐市長，你對鄭勝和秦屯還不放心？」

徐正問劉康：「你不知道他們兩個是什麼貨色嗎？」

劉康說：「我知道，不過，大家現在綁在一條船上，似乎應該通力合作，不應該再互相提防了吧？」

徐正冷笑一聲，說：「我跟吳雯還睡在一張床上了呢，她還不是在背後捅了我一刀？這個秦屯和鄭勝，利用一下倒無妨，可是絕對不能跟他們推心置腹，尤其是秦屯這個傢伙，原本他是緊跟孫永的，現在孫永倒臺了，他成了沒主的喪家犬，轉過頭又來抱我的大腿，將來有一天如果風頭不對了，他馬上就會咬我一口的，這樣的人怎麼能信任？」

劉康聽了笑說：「這倒也是。」

徐正又說：「今天倒不是沒有收穫，跟秦屯達成了某種默契，今後在市裏我和他聯合起來，一定能制衡的。不過，我和秦屯之間只能到這個程度了，絕對不能什麼都暴露在他面前，因此像這樣的活動，今後儘量少安排，尤其是洗什麼桑拿之類的，萬一鄭勝這傢伙不老實，也像吳雯一樣給我在暗處裝個攝影機什麼的，那我不是完蛋了嗎？」

劉康笑了笑說：「我這不是看你身邊這麼久沒有女人了嗎？想借這個安排讓你放鬆

一下。」

徐正嘆了口氣，劉康說中了他的心事，享受過了吳雯的風情萬種，再回過頭去面對妻子的贅肉和滿臉的皺紋，就好像吃過了頂級的饕餮盛宴，回過頭再要吃糠咽菜一樣，叫徐正如何能吃得下啊。

徐正說：「不管怎麼樣，任何時候都不要忘記謹慎這個基本原則。」

劉康看出來徐正對失去吳雯很感失落，便說：「要不我從北京再給你帶一個美女過來？」

徐正看了一眼劉康，說：「劉董，你對我這麼好，是不是又有什麼事情要我去辦啊？」

劉康立即說：「哪裡，我這不是爲你著想嘛。」

徐正冷笑著說：「你大概是爲了我的權力著想吧？說吧，又想讓我辦什麼？」

劉康乾笑了一聲，說：「是這樣，最近我的資金有點緊張，你看是不是市裏可以把工程款提前支付一部分？」

徐正愣了一下，不高興地說：「劉董啊，你攬這個項目到底有多少自有資金啊？工程款都是按期支付給你的，我又幫你從市裏面的住房公積金那裏貸了一筆錢出來，你怎麼還要向我要錢啊？」

劉康說：「我自有資金是不少，可是我們集團很大，還有其他項目在發展，所以才會出現一些暫時的資金緊張。」

徐正懷疑地說：「這麼說，你是從這項工程中抽逃資金用於別的項目了？」

劉康說：「不是抽逃，只是暫時借用一下，很快就會還回來的。」

徐正急了，他最擔心就是劉康在這項工程上搗鬼，如果劉康在這項工程上出現什麼問題，他是第一個要跟著倒楣的人。如果出了事，他就是拿到了劉康給他的巨額回扣，恐怕也無法享用。

徐正罵說：「你別扯了，騙誰啊？什麼暫時借用，就是抽逃資金。我跟你說劉康，你集團的資金緊張，你自己去想辦法，不要打新機場項目的主意，如果新機場項目出了什麼問題，我第一個就不放過你。」

劉康見徐正發火，趕忙辯解說：「都跟你說沒有了，我又怎麼敢拿新機場項目開玩笑呢？不過是一時資金周轉出現了點問題，想找你想想辦法而已，你不能幫我就算了，何必這麼大動肝火呢？」

徐正說：「你這個樣子又怎麼不讓人惱火，看來你當初接這個項目本身就資金不足，不是我幫你貸款，可能你早就幹不下去了。」

劉康也火了，說：「好啦，我說過不用你了，有問題我自己解決行了吧？」

說話間，到了徐正家，徐正下了車，狠狠地將車門摔上了，轉身揚長而去。

見徐正給自己臉色看，劉康忍不住在心裏大罵：王八蛋，竟然敢給我臉色看，事情不都是被你搞壞的嗎？不是你，小雯又怎麼能丟了性命？老子現在要不是有求於你，早對你不客氣了。

劉康一肚子火回了西嶺賓館，剛回到房間，小田就找了過來。

這又是一個劉康現在不想看到的傢伙，不過劉康並不敢對小田怎麼樣，這傢伙是一把鋒利的刀，稍有不慎，就會傷及主人的。

劉康看看小田，說：「找我什麼事啊？」

小田笑了笑，說：「劉董，你看我在海川已經待了好長一段時間了，也沒什麼事情做，我想北京那邊的風聲已經過去了，是不是我可以回北京了？」

劉康因爲吳雯的事讓小田在海川躲風頭，他不想被鄭勝認出小田的身分，因此一直不讓小田在海川出頭露面，小田的基本人脈都在北京，因此在海川只能困在賓館的房間內無所事事。小田在北京是酒吧夜總會之類的常客，玩慣了的人，又怎麼能在海川過這種悶日子？因此就想回北京。

劉康想了想，覺得小田回北京問題不大，他從警方的朋友瞭解到的情況中，絲毫沒有涉及到小田的地方，因此放小田回去是可以的。再說，小田現在在海川也沒什麼用處，這種危險人物也不能始終困在這裏，困久了還不知道會惹出什麼事來呢。

劉康說：「好吧，既然你想回北京，那就回去吧。」

「那……」小田欲言又止地說。

劉康便明白小田這是跟自己要錢了，就打開房間內的保險櫃，拿了兩疊千元大鈔遞給了小田，說：「這是路費，拿著吧。」

小田愣了一下，他沒想到劉康會只給自己這麼一點錢，這次他可是爲了他殺了一個人啊，在他預想中，劉康怎麼還不得拿出六位數打賞他？

他看了看劉康，說：「劉董，我最近手頭有點緊，您是不是……」

劉康厭惡的看了小田一眼，心說你把事情辦砸了還想跟我多要錢，我沒罵你就不錯了，不過他心中對小田有些畏懼，還不想惹惱這傢伙，便去保險櫃裏又拿了一疊鈔票給小田，說：「公司最近資金有些緊張，你先拿著，省著點花，過了這段時間，我再給你安排點。」

三萬塊也離小田的心理期望相差甚遠，他心中自然很不滿意，便說：「劉董，您看公司這麼大，就是緊張，也不差我這點小錢，您就多賞點吧。」

劉康見小田貪得無厭，本來他就因爲徐正生了一肚子氣，此刻再也難以克制住自己了，張口罵道：「小田，你什麼意思啊，事情被你辦成這個樣子，我給你這麼多已經不少了，你還不滿足，真是不知好歹。」

小田沒想到劉康會跟自己發火，便陪笑著說：「劉董，吳雯的事情完全是意外，不過您要辦的事情我都給你辦了，也算是達到您的要求了，主要是我這次來海川之前，賭輸了一大筆錢，手頭實在緊張，您就看在我幫您辦事這麼多年的份上，多賞我幾個吧。您財大氣粗，從指縫漏一點給我就夠了。」

劉康見小田竟然跟自己講起價錢來了，心中越發惱火，他看著小田，陰陰地說：「小田啊，你是不是覺得我劉康老了，可以讓人予取予奪了？」

小田跟了劉康很多年，耳聞目睹也見過劉康對付對手的手段，見劉康這種陰沉的表情，便知道劉康真的動怒了，他現在在海川，相對來說，這是劉康的地盤，他身邊沒有弟兄在，就沒有跟劉康叫板的本錢，他心虛了起來，趕忙說：

「好啦，劉董，既然您現在資金緊張，那剛才這段話就當我沒說過，我先走了。」

說完，小田拿起了三萬塊，轉身離開了劉康的房間。

劉康在小田身後狠狠將門摔上了，心裏大罵小田道：這個王八蛋，你連自己什麼身分都不知道了，你不過是老子養的一條狗，今天竟然敢衝著主人叫了起來，真是不知道天高地厚了。

看來這個兔崽子還覺得殺了吳雯是大功一件，竟然敢跟自己講起價錢來了，你知不知道吳雯死了，老子心痛的要命，老子是因爲忙於新機場項目一時顧不得處理這件事情，等著吧，老子能養得起你，也能收拾你，現在我是在海川，不是我的勢力範圍，等回了北京，看我怎麼收拾你。

劉康在身後摔門的聲音震了小田一哆嗦，他知道自己是真的惹惱劉康了，趕緊回房間，連夜收拾好東西，第二天一早也沒跟劉康打招呼，就匆忙的離開了海川。

第二天醒來，徐正回想起昨晚對劉康的樣子，心中覺得有些過分了，他昨晚喝得有點多，很多事情都沒往細處想，吳雯的被殺，實際上更深的將他和劉康聯接到了一起，他現在並不掌控兩人之間的主動權，因此也沒本錢跟劉康較勁。特別是劉康如果真的資金緊張，找不到解決辦法的話，很可能從工程上動腦筋，如果他使用品質不合規定的材料，那工程品質就很可能出現問題，到時候擔責任的還是自己。

徐正就有些後悔昨晚的衝動，想了想，撥通了劉康的電話。

劉康接了，說：「有什麼事嗎，徐市長。」

劉康的語氣不鹹不淡，沒有絲毫熱情，徐正心裏彆扭了一下，心說自己是被這無賴吃定了，他笑了笑，說：「劉董啊，昨天晚上我喝的有點多，跟你談話的時候語氣衝了點，別介意啊。」

劉康愣了一下，旋即笑說：「沒事啦，大家都是好朋友，說話才會那麼直。」

徐正說：「你不介意就好，對了，你的資金如果確實緊張，我想辦法再幫你貸點款好啦，工程款都是有付款進度的，提前付別人會有意見的。」

沒想到徐正一晚上就轉變了態度，劉康高興地說：「好哇，謝謝徐市長了。」

徐正笑了，說：「謝什麼，大家都是夥伴，應該互相幫忙的。不過資金我可以幫你解決，新機場項目的品質你得給我保證。」

劉康拍胸脯說：「徐市長，你總是信不過我，放心吧，品質問題絕對可以保證。」

徐正心說：你這樣的傢伙我得打起十二分的精神提防，又怎麼能放得下心來呢？嘴裏卻說：「那就好，那就好。」

徐正就掛了電話，他覺得這樣子基本上可以安撫住劉康了，便放下心來了。

計生局的王蘭局長年齡即將到線，張琳在書記會上將王蘭的繼任人選問題提了出來，詢問秦屯和徐正的意見。

秦屯說：「張書記，我覺得農業局的田海副局長是一個合適的人選，這個同志對黨的事業忠誠，工作作風扎實，又很有能力，適合擔任這個職位。」

北京的許先生已經打過電話來催過秦屯幾次了，對秦屯這麼久沒能兌現幫田海升職一事很是不滿，因此秦屯趁此機會趕忙將田海提了出來。

張書記愣了一下，田海這個名字，他從秦屯嘴裏聽過不止一次了，幾次秦屯推薦的人選都是這個人，都被他否決掉了。

這倒不是他對田海這個人有什麼意見，也不是故意要針對秦屯，而是對田海這個人有一定的瞭解，田海是很老實本分的一個人，憑資歷熬到了農業局副局長的位置。這樣的人擔任副職是扎實肯幹的，但是要他擔任一個單位的正職負責人，張書記認爲能力不足，沒辦法將一個單位的工作全盤負責下來。

再是田海年紀也有些大了，就是把他放到正職的位置上，幹完一屆就要退下來，那樣還要再度挑選新的負責人，這對一個單位的穩定發展也是不利的，因此幾次都否定了這個人選。

張書記也不知道秦屯得了田海什麼好處了，見他今天再次將他提了出來，心中就有些反感，看了看秦屯，說：

「老秦啊，我看你真是看好這個田海啊，不過，我還是覺得田海這個人不合適，一來他年紀有些大了，不適合再擔負這麼重要的崗位；二來，田海是管農業的，與計生工作不搭界，在計生方面是個外行；三來，從事計劃生育工作的大多是女性，這個計生局局長最好選擇一個女性幹部擔任比較合適。」

徐正聽了，笑說：「張書記啊，我對你的看法可是有不同意見，你這是性別歧視啊，誰規定計生局局長一定要女性擔任啊？計生工作也有很多男性，我聽說市醫院中就有男婦科醫生，所以您這個反對意見不成立啊。」

徐正雖然是笑著說這番話的，張書記卻聽出了他話中的挑釁意味，他嗅到了一絲危險，看了徐正一眼，心說這傢伙什麼時候轉換立場，開始跟秦屯站在一起了？這傢伙不是一向跟秦屯是對立的嗎？

張書記便笑笑說：「我沒說男同志不能擔任計生局長，我只是覺得一個女性同志擔任更好一些。好，就算是這樣，男同志適合擔任計生局長，可田海同志年紀和專業方面都不合適啊。」

徐正說：「我倒不這麼認爲，我認識田海同志，他工作勤懇，這麼多年來，工作中從來沒出現一點紕漏，也沒有一點歪風邪氣，這樣的同志正是我們組織上應該予以認可，予以表彰的，我們不能因爲他有些年紀了，就不給他這種升遷的機會。同時專業不對口，我覺得田海同志是去做領導工作的，只要他能把工作領導起來就好了，並不一定非要是什麼計生專家，我們這些年的實踐證明，選擇專家來做正職領導並不是一個明智的做法，很多專家在其專業上雖然很有成就，可做起領導來卻一塌糊塗。」

秦屯說：「是啊，田海同志擔任副局長多年，積累了豐富的行政經驗，擔任計生局長應是能勝任的。」

張書記看徐正和秦屯一唱一和，完全站到了一起，二比一，局勢顯然是不利於自己，便說：「好啦，我知道了。我們再來討論……」

張書記不對田海這個人選表態，而是把話題轉到了別的議題上，是在採用拖字訣，徐正和秦屯相互看了對方一眼，徐正心說看來我們聯合起來，張琳還真是無法應付，這齣戲還真是唱對了。

書記會結束之後，張琳回到了辦公室，他意識到現在在書記會上因爲秦屯和徐正站到了一起，局勢開始不利於他了，他如果無法掌控書記會，按照少數服從多數的原則，他將失去對很多議題的掌控，這是十分危險的。

看來自上次徐正被鴻途集團欺騙一事被自己揭發之後，這傢伙開始針對自己做一些佈局了，甚至不惜聯合以前的對手來一起對付自己。局面變得這麼艱困，自己要如何應對呢？這需要極高的政治智慧，張琳陷入了沉思中。

恐嚇光碟

徐止拆開了信封，裏面是一片光碟，
徐正有一種不祥的預感，連忙把光碟放進了光碟機中。
當電腦螢幕上出現吳雯的那一剎那，徐正驚呆了，
手忙腳亂的就去關掉視頻，放在一旁的茶杯也被他碰翻了，水灑了一桌子。

徐正回到辦公室，馬上就接到了秦屯的電話。

秦屯笑著說：「謝謝徐市長的大力支持了。」

徐正說：「秦副書記不要客氣，我們只有互相支持，在海川才會有立足之地。」

秦屯聽了，笑說：「那是，你沒看張書記的臉色難看的。」

徐正笑笑說：「這還只是開始，後面有他好受的。」

兩人同時哈哈大笑了起來。

掛了電話之後，徐正愜意的喝了口水，他知道自己這一聯合秦屯，就算是完全掌控了海川市的局面，張琳啊張琳，你就等著我擺佈你吧。

這時，劉超敲門進來，手裏拿著一個信封，說：「徐市長，這裏有您一份特快專遞。」

徐正喝著水，問道：「是什麼內容？從哪裡寄來的？」

劉超回說：「從北京寄來的，封面上寫著內有光碟，勿折。」

徐正沒當回事，問道：「你沒打開看看究竟是什麼？」

劉超說：「封面上寫著必須徐市長您親自拆封。」

徐正心情不錯，就伸手說：「給我吧。」

劉超把快遞交給徐正，便出去了。

徐正放下茶杯，拆開了信封，裏面是一片光碟，並沒有其他任何說明。徐正忽然心中有一種不祥的預感，連忙開了電腦，把光碟放進了光碟機中。

當電腦螢幕上出現吳雯的那一剎那，徐正驚呆了，手忙腳亂的就去關掉視頻，放在一旁的茶杯也被他碰翻了，水灑了一桌子。

徐正顧不得去管茶杯，連忙從光碟機中將光碟拿了出來，揣進了衣兜裏，心虛的左右看了看，確定是在自己辦公室裏，這才心神稍定。

徐正整理了一下桌子，讓劉超進來把茶水處理一下，劉超見徐正面如土色，便關心的問：「徐市長，你臉色很差，是不是病了？」

徐正哪有心思去管這個，指了指桌子，說：「小劉，你把桌子擦乾淨就出去吧。」

劉超把桌子擦乾淨了，離開了徐正的辦公室。

徐正這時腦海裏一直思索著一個問題，這份光碟是從哪裡來的？吳雯已經死了，顯然不可能是她寄給自己的。傅華嗎？傅華是最有可能接觸到這份光碟的人，不過他似乎不是一個藏頭露尾的小人，如果這份光碟落到傅華手裏，根據徐正的判斷，他肯定會直接寄給紀委，而不是寄給自己。那是劉康嗎？劉康當時已經將光碟的原本和備份給了自己，當他的面一起銷毀了，這份光碟應該不存在人間的才對啊。

再是寄件人把這份光碟寄給自己算怎麼回事？他想要幹什麼？顯然他不是爲了揭發

自己的，那他要幹什麼？嚇唬自己嗎？還是想敲詐自己？

如果是敲詐自己，寄件人應該在裏面注明他想要什麼，可是並沒有啊。那就是嚇唬自己了，可是寄件人爲什麼要嚇唬自己呢？

徐正拿起了信封，在上面查看寄件人的地址和電話，只見寄件人姓名一欄寫著初茜。

他不知道吳雯做花魁的那段歷史，因此並不知道這個名字吳雯曾經用過，因此沒有什麼特別的感覺，只覺得很像是女人的名字。名字下面是地址，北京海澱區明府路九七一號，再下面是寄件人的電話。

徐正壯起膽子撥打了上面的號碼，號碼撥完，徐正猶豫了一下，過了一會兒，才下定決心按下了撥出鍵，一陣令人心弦緊張的停頓之後，一個女聲說道：「對不起，你所撥打的號碼是空號，請查明後再撥。」

徐正嚇得手一哆嗦，手機掉到了地上，看來寄件人留下的電話是假的，地址更可能是編造的。這人究竟想幹什麼？

徐正呆了半晌，才恢復了一點理智，他將電話撿了起來，還好電話並沒有摔壞。

徐正想了半天，撥通了羅雨的電話。

雖然他幾乎可以百分之百確定地址一定是假造的，但他心中還是存在著一絲幻想，想查證一下這個地址究竟存不存在，如果存在，裏面住著什麼人。

羅雨接通了電話，說：「徐市長，您有什麼指示？」

徐正強笑了一下，說：「小羅啊，你可是好長時間沒跟我通電話了。」

羅雨自鴻途集團這場騙局之後，見傅華主動將責任承擔了下來，喚起了他往昔跟傅華之間的情誼，對自己也多少有了些清醒的認識，因此開始疏遠徐正，親近傅華了。

羅雨立刻說：「最近工作忙了點，而且駐京辦這邊也沒什麼特別的事情，就沒跟您彙報。」

徐正說：「好啦，我沒怪你的意思，只是希望你多跟我談談駐京辦的情況，畢竟那裏是我們海川市的門面，我很關心它的發展。」

羅雨說：「我知道，以後我會多彙報的。」

徐正說：「先不說這個了，你幫我查一下，北京海澱區明府路九七一號這個地址究竟是什麼地方，查到了跟我說一聲。」

羅雨記下了這個地址，然後說：「我查出來馬上給您回話。」

羅雨掛了電話，徐正忐忑不安的坐在辦公室裏等待結果。

這時，劉超再次進來，說徐正上午有個會議需要參加，時間到了。

徐正此刻哪裡有什麼心思去參加會議，便說：「小劉，我身體不舒服，你看哪位副市長在，讓他去吧，再是把我今天的行程能推都推掉，推不掉就安排別的副市長去。」

劉超立即說：「好的，我馬上去安排。您要不要回家休息一下？」

徐正說：「你就去安排吧，不用管我了。」

劉超就出去了，徐正繼續呆坐在辦公室裏。

臨近中午，羅雨的電話打了過來，一來就問說：「徐市長，您給我的這個地址對嗎？」

徐正問：「怎麼了？」

羅雨笑笑說：「是不是什麼人跟您開玩笑的？我問遍了在海澱區的所有朋友，他們都說海澱區沒什麼明府路，還問我是不是被什麼人捉弄了，什麼明府路，是地獄的那個冥府路吧？」

徐正心裏咯登一聲，這個諧音說中了他心中最害怕的一點，他最不敢想的就是吳雯的鬼魂再來找自己的麻煩。

徐正聲音有點哆嗦了，說：「小羅，你說什麼？」

羅雨說：「一個朋友逗我玩的，他是說海澱區並沒有這個所謂的明府路。」

徐正的心墜到了谷底，有氣無力的說：「我知道了。謝謝你了，小羅。」

羅雨掛了電話，徐正呆坐在辦公室裏不知道該怎麼辦，如果是活人寄給自己這份東西，那還有辦法解決，可如果真是冥府路寄來的，那他去哪裡想辦法解決呢？

劉超來問徐正午飯怎麼安排，徐正此刻哪還有心思吃什麼午飯，他想了一下，說：「安排車子，送我回家。」

徐正回到家，就鑽進了書房，關上門拉上了窗簾，打開電腦，看起視頻來了。

他想冥府路也許是寄件人嚇唬他的手法，既然寄件人沒有留下其他線索，那很可能在視頻裏面留下什麼線索，他要仔細看看，看能不能找到蛛絲馬跡。

重溫這段生活影像，徐正是既恐懼又有些甜蜜，吳雯使用的攝影機畫質很好，兩人當初的一舉一動被錄得十分清晰，徐正再次看到了吳雯的萬種風情，卻同時知道自己永遠無法再次擁有吳雯了，心中不免悵然若失。

看到最後，徐正也沒看到半點寄件人留下的痕跡，他傻眼了，難道這真是吳雯從冥府寄給自己的嗎？徐正再也坐不住了，一下子癱軟在地上。

劉康接到劉超打來說徐正要推遲下午見面的電話，本來他是要跟徐正見面談貸款的事情，徐正突然變卦，讓他不禁犯了尋思：這傢伙是什麼意思啊？難道貸款的事情有了變數？

劉康便問：「劉秘書啊，知不知道推遲到什麼時間？爲什麼啊？」

劉超回說：「不知道會推遲到什麼時間，也沒別的原因，徐市長可能生病了，他今天狀態很差，所以叫我把下午所有的行程安排都推掉了。」

「那他現在在哪裡？」劉康又問。

劉超說：「回家了。」

劉康說：「那我打電話問候他一下吧。」

劉康就撥了徐正的電話。

徐正正癱軟在地上，手機響了，把他從惶恐中驚醒，看了看號碼，是劉康，他心裏認爲這一切惡運都是劉康給自己帶來的，雖然知道劉康是找自己談貸款的事情，心中卻怨恨劉康，不想接這個電話，索性就關機了事。

電話那邊的劉康聽到電話關機的語音顯示，不禁呆了一下，看來徐正真是對自己有意見了，不然的話也不會幾分鐘前明明是開機狀態，接到自己的電話之後就關機了。

劉康有些納悶，最近幾天，自己也沒做什麼得罪徐正的事情啊？徐正爲什麼會不接自己的電話了呢？劉康百思不得其解。

深夜，吳雯再次出現在徐正的夢中，她用嬌軀肆意的挑逗著徐正，徐正也忘記了白日的恐懼，抱緊了吳雯縱馬馳騁，吳雯在他身下像蛇一樣扭動著，刺激著徐正渾身熱血沸騰，吳雯也瘋狂的迎合著他，把他推送到了興奮的巔峰……

徐正醒了過來，可是他不敢再閉上眼睛睡覺了，他害怕吳雯再次出現在夢中。他躺在床上翻來覆去，一直折騰到快天亮，這才不自覺的睡了過去。

「老徐，快醒醒！」

徐正睜開眼睛，見妻子嚴芳正站在床邊看著他，便問道：「我剛睡著，你叫醒我幹嘛？」

嚴芳說：「小劉等你好長時間了，說你上午有活動要參加，再不叫你就晚了。」

徐正說：「幾點了？」

嚴芳說：「快九點半了。」

徐正一下子跳了起來，說：「你怎麼不早叫我？」

嚴芳說：「誰知道你會睡這麼久啊？」

徐正連忙穿好了衣服，隨便洗了幾把臉，就帶著劉超出了家門。

經過這段時間的睡眠，徐正精神好了很多，這次活動是例行公事，劉超早就給他準備好了講稿，因此順利的應付了下來。

活動結束後，徐正謝絕了主辦人留他吃飯的邀請，帶著劉超趕回了市政府。

在車上，劉超說：「徐市長，你的手機沒開，劉康找你，電話都打到我的手機上了。」

徐正心裏暗罵，這傢伙還真是陰魂不散，就不能讓自己消停會兒？

徐正說：「我知道了，一會兒我會打給他的。」

回到辦公室，徐正就打電話給劉康，說：「你怎麼回事啊，一點時間都不能等嗎？」

劉康陪笑著說：「不是啦，我是聽小劉說你病了，就想打電話問候一下，怎麼樣，好了嗎？」

徐正已經從昨天的恐懼中恢復了過來，便說：「我沒事了，正好我現在有點時間，你過來吧。」

過了一會兒，劉康趕到了市政府，徐正和他見面之後，談了一下貸款的事，之後，徐正問道：「劉董，你在北京可認識一個叫做初茜的人？」

劉康驚訝的問道：「徐市長，你突然問這個幹什麼？」

徐正看見劉康驚訝的表情，便知道劉康一定認識這個叫初茜的人，說：「你認識她？他究竟是何方神聖？」

劉康說：「初茜是吳雯在北京曾經用過的一個名字，你怎麼突然會問這個了？」

「什麼？初茜就是吳雯？」徐正訝異的叫了起來，頓時面如土色，癱軟在座位上。

劉康看徐正的狀況不對，趕忙走了過去，說：「你怎麼了，徐市長？」

徐正看了看劉康，說：「吳雯找上我了，我被冤鬼纏身啦。」

劉康笑說：「別瞎說了，這世界上哪有什麼鬼神？你是自己嚇唬自己。」

徐正驚恐地說：「不是的，我昨天接到了初茜寄來的快遞，上面的地址就寫著冥府路，擺明了是從地獄裏寄過來的。」

劉康聽了，哈哈大笑起來：「我劉某人走南闖北這麼多年，什麼事情沒做過？從來沒見過什麼鬼神，就算有鬼神，老子一樣把他們打倒在地，讓他們永世不得翻身。徐市長，你被人戲弄了，如果真是鬼寄給你的，那還需要用快遞嗎？直接就送到你的面前了。」

徐正仍害怕地說：「可是那裏面的內容很驚人，是吳雯當初拍的錄影光碟。如果不是鬼，又怎麼會有這份錄影呢？」

劉康這下吃驚了，叫道：「什麼，是那份錄影光碟？」

徐正說：「是啊，當初你不是都拿回來銷毀了嗎？」

劉康回憶說：「我的人是找到了那份錄影，之後我也當著你的面銷毀了，現在又突然出現，說明這份錄影還有備份流在外面。到底會是什麼人呢？難道吳雯真的把備份交給她的朋友？不對啊，如果真是交給了她的朋友，吳雯出事之後，她應該將錄影交給警方啊，而不是寄來嚇唬你。」

徐正說：「我想了半天也想不出這件事情是誰做的，我也再看了一遍錄影，沒發現任何蛛絲馬跡。對方寄出這份錄影，沒有留下其他東西，你說，他這是想幹什麼？」

劉康想了想，說：「不管對方想要幹什麼，他肯定還會找你的，你就等他找上門來再說，不要又是鬼又是神的，自己嚇自己了。」

徐正苦笑了一下，說：「你說的倒輕鬆，我哪有你這麼淡定。」

劉康安撫說：「鬼神都怕惡人，你兇一點，他們就不敢找你了。」

徐正說：「那我就這麼等著？」

劉康說：「對，就這麼等著。」

徐正說：「不行啊，這麼等不是辦法，我現在已經害怕到不行了，如果對方再出個什麼狀況，我真怕我會崩潰的。你是不是找人去北京查一下，趕緊把這個裝神弄鬼的傢伙給我找出來。」

劉康說：「行，我立即派人去查。」

徐正又交代說：「你也清楚這錄影對你我意味著什麼，這次我希望你能做的乾淨俐落一點，別再留後患了。」

劉康回到西嶺酒店，就撥打了小田的電話。

過了一會兒，小田接通了，說：「找我有什麼事嗎？劉董。」

劉康說：「小田，你好好想想，吳雯當初在仙境夜總會時的那些朋友你還記得嗎？」

小田想了想說：「時間很久了，我大多沒記憶了。劉董問這個幹什麼？」

劉康說：「現在又冒出一份錄影光碟來，我在想，是不是吳雯活著的時候給了她什麼朋友一份，你再回憶一下，吳雯在這次回北京之後，有沒有跟什麼人走得特別近？」

小田說：「除了那個傅華夫妻兩個，沒發現她跟什麼朋友見過面啊。」

劉康思索著：「吳雯不太可能交給傅華，傅華這種人我很瞭解，如果錄影在他手中，那他一定會在當初警方詢問他的時候交出來的，不會留到現在拿來威脅徐正。真是邪門了，到底哪裡出了問題了呢？小田，你確信當時已經把吳雯那兒所有的錄影都拿來了嗎？」

小田說：「都拿了啊，我記得都搜乾淨了。」

劉康不解地說：「那真是奇怪了，爲什麼外面還有錄影光碟呢？小田啊，你在北京給我好好查一下，看究竟是誰在後面搗鬼？特別要注意一下那個傅華。」

小田說：「查是沒問題的，不過劉董，我最近手頭確實有點緊。」

劉康說：「好啦，我再給你匯點錢過去，你給我好好查一下，查出來是誰之後，儘快幫我處理掉。」

小田答應說：「好的，沒問題。」

劉康掛了電話，坐在那裏開始尋思，究竟是誰做的這件事情呢？這份錄影不僅僅威脅到了徐正，也威脅到了他，他是看過這份視頻的，吳雯當初爲了存證，在很多地方刻意引誘徐正談及他和徐正之間的交易細節，因此這份視頻如果被警方拿到，那出事的不僅僅是徐正，他劉康也會跟著倒楣的。

到底是誰在背後搞鬼呢？在這個事件相關的人中，傅華已經先被劉康否決了，徐正自己不會嚇自己，小田又說吳雯在回北京的這段時間中，沒接觸過以前在仙境夜總會的那些朋友，那會不會是吳雯的親屬呢？

劉康馬上否決了這個想法，吳雯對她以前在仙境夜總會的經歷一直是瞞著家人的，她不可能將自己跟徐正這段曖昧的經歷留給家人保管。

那剩下來的知情者，就只有自己這方的人馬了，自己當然不會搗自己的鬼，真是邪門了，竟然連懷疑的對象都沒有，難道真是像徐正所想的那樣，是吳雯的鬼魂搗的鬼？

絕不可能！劉康認爲這世上是沒有鬼神的，那些鬼神的傳說，不過是過去愚昧的人對一些無法解釋的現象而臆造出來的。

可是這搞鬼的究竟會是誰？劉康有點糊塗了。

劉康雖然堅持沒有鬼神，可徐正心中總是忐忑不安，他再次夢到了吳雯，而且夢中的情形栩栩如生，雖然吳雯沒再向他索命，可他總不能安心，害怕吳雯會像以前那樣重複的出現在自己夢中。

想到上次自己求助於王畚大師，用解怨咒才化解了那一劫，劉康走了之後，徐正便打電話給王畚。他上次去北京的時候，爲了怕再被吳雯糾纏，就請求王畚大師給他留了聯繫方式。

電話通了，王畚大師雄厚的聲音傳了過來：「你好，是哪位？」

徐正頓時便覺得心裏有了支撐，趕忙笑著說：「大師，是我，海川市的徐正，您還記得我嗎？」

王畚笑了笑，說：「我怎麼會忘記徐先生呢，解怨咒我只給你一個人用過，當然印象深刻了。對了，那解怨咒還有效果嗎？」

徐正說：「很有效，從大師那兒離開之後，我的睡眠就好了很多，好長時間沒做那個噩夢了。」

王畚聽了，說：「對你有用就好，這說明我師傅教給我的解怨咒還是有效的。徐先生今天找我有什麼事嗎？」

徐正有點不好意思說出口，便說：「大師，你旁邊有人嗎？」

王畚說：「沒有，有什麼話不好說嗎？」

徐正說：「是的，大師，我又做了不好的夢了，只是這一次對方並沒有跟我索命，而是……」

徐正就把夢中的情形將給王畚聽，王畚聽完，沉吟了一會兒，問道：「徐先生，我問一句不太好聽的話，您遵守了上次在我這兒所發的誓言了嗎？」

徐正遲疑了一下，說：「大師，您這是什麼意思？」

王畚說：「意思是說，你真的改過了嗎？」

徐正心中沒底了，原本他以爲吳雯的事情過去之後，不會再有什麼來糾纏他了，因此依舊我行我素。但是徐正嘴硬的說道：「大師，我當然改過了，你不相信我？」

王畚笑笑說：「我不是不相信徐先生，我只是覺得事情不應該這樣的。奇怪了，如果你遵守了誓言，那個冤魂應該不會再出來糾纏你的。」

徐正說：「大師，你是說又是那個冤魂在作祟？」

王畚說：「你說的這種情況，是另一種冤魂報冤的方式，巢元方的《諸病源候論》記載過，說其狀不欲見人，如有對娛，獨言笑，或時悲泣。婦人與鬼交通者髒腹虛，神守弱，故鬼氣得病之也。」

徐正一聽嚇壞了，說：「大師，你不是說那個解怨咒有用嗎，怎麼又會這個樣子的呢？」

王畚說：「我也很納悶啊，按照你說的那些情況，解怨咒肯定是有用的，除非你違反了誓言，你要知道，自身正，則氣神均為強健，風邪鬼魅不能傷之；而自身不正，則氣弱神衰，風邪乘虛，鬼干其正。因此我才問你，是不是做了違反誓言的事情。」

徐正說：「大師，不管怎麼樣，如果她每天都來糾纏，我是受不了的，還請您解救一下。」

王畚嘆了口氣，說：「徐先生，你讓我怎麼說你啊？你是不是拿誓言當兒戲啊？你這個樣子，天神老子也救不了你。」

徐正央求道：「大師，我知道錯了，您既然救過我一次，那就再救我一次吧，要不你再用用解怨咒？」

王畚說：「你當解怨咒是什麼，你想用就能用的嗎？你的心不誠，再用也不會有效的。」

徐正說：「大師，你總不能見死不救吧？」

王畚無奈地說：「徐先生，我是可以再救你一次，不過我事先警告你，這一次你可不能再違背你的誓言啦，如果你再做虧心事，到時候你可能遇到的懲罰將會十分的殘酷，那時候你就是再來找我，我也救不了你了。」

徐正鬆了一口氣說：「謝謝您了大師，我發誓再也不做虧心事了。」

王畚說：「那你認真聽著，我給你念一遍驅鬼咒，你把它記下來，睡覺前念上十遍，相信一定會沒事啦。」

又是週末，金達早早就打電話來，說是他在這一周中思考了很多關於海川市發展的問題，很想跟傅華好好交流一下，讓傅華到黨校來接他。傅華聽金達這麼說，知道他重新走上了正軌，便笑著答應了。

傅華從家裏出發，直接去了中央黨校。停車時，傅華注意到有一輛黑色轎車似乎從他出家門就開始跟著他，一直跟到中央黨校。

因爲是早上，又是週末，路上來往的車輛不多，加上中央黨校這個地方本身就帶點神秘色彩，來這裏的車子就更少了，就是傅華也是因爲要接金達才會過來，因此跟在身後的這輛車子就顯得特別醒目。

傅華心中暗自疑惑，會是誰暗中跟著自己呢？不過他不敢確信，只是在心中留了意，像什麼也沒發現一樣，在外面打電話給金達，讓金達出來。

過了一會兒金達出來了，傅華注意到那輛黑色小轎車就停在不遠處，似乎在等著自己進一步的行動。

傅華調轉車頭，載著金達往駐京辦開。

金達顯得十分興奮，在車上就開始講起他這一周的思考成果：

「傅華，你知道嗎，廿一世紀是海洋的世紀，海洋資源的開發越來越引起世界各國的重視，海洋經濟日益成爲一個國家或地區發展的重要考量。在陸地資源日益受到制約的條件下，誰抓住並利用好了海洋資源，誰就佔據了未來的戰略制高點。東海海域面積遼闊，海洋資源豐富，發展海洋經濟大有可爲，海洋經濟必然會成爲東海經濟的重要一環，而海川處於東海海域的中心，止好可以起到一個貫穿南北的作用……」

傅華一邊聽著金達滔滔不絕的講述，一邊留意身後，那輛黑色車子不遠不近的跟在後面，果然是在跟蹤自己。

金達講了半天，見傅華始終沒有回應，便有些不高興的說：「傅華，你究竟有沒有在聽我講話啊？」

傅華抱歉的說：「不好意思，金副市長，海洋經濟的問題我們到了駐京辦再討論，我覺得好像有人在跟蹤我。」

金達愣了一下，隨即笑了起來，說：「傅華，你以爲這是在演諜報片嗎？跟蹤你，誰會跟蹤你啊？」

傅華說：「你注意到後面那輛黑色的轎車了嗎？」

金達往後看了看，然後說：「看到了，是有一輛黑色的轎車，怎麼了，你不會因爲它是黑色的，就以爲是在跟蹤你吧？」

傅華解釋說：「這輛車我從家裏出來的時候就跟在後面，一直跟我到了中央黨校，現在還在跟著，我覺得是刻意在跟蹤我。」

說著，傅華加大踩油門的力度，將車速提高，從後視鏡中，他看到那輛黑色轎車也提高了速度。過了一會兒，傅華減慢了速度，將車子開入慢車道，黑色的車子也做了同樣的動作。

這時候，金達也覺得這輛車是在跟蹤他們了，看了看傅華，問道：「傅華，你做了什麼，是不是牽涉到了什麼機密？爲什麼他會跟蹤你？」

傅華搖搖頭，說：「我也不太清楚，等一下去問一問好啦。」

金達驚道：「你要幹什麼？不是要當面質問他吧？別玩了，很不安全的。」

傅華笑說：「不會的，我怎麼會危及你的安全呢？」

說著，前面到了一個紅綠燈，傅華故意放慢了速度，等到紅燈就把車子停了下來。

車一停，傅華就跳下了車，快步走向身後黑色的轎車，從車窗看進去，一個熟悉的面孔在車裏，就是當初吳雯幫他時的那個年輕男人。

傅華明白這傢伙爲什麼會跟在身後了，肯定是因爲吳雯的事情。他伸手敲了敲車窗，示意男青年把車窗降下來。

傅華跳下車時，小田就知道自己被發現了，可是他前後都有車，一時很難逃開，就索性不動，等傅華找過來。見傅華敲車窗，就搖下了車窗，笑著說：「傅主任，真是巧啊，怎麼會在這碰到了？」

傅華說：「你一直跟著我，又怎麼能不碰到我？我們很長一段時間沒見面了，找個地方坐下來聊聊吧？誒，對了，一直都還沒請教你怎麼稱呼呢。」

小田笑了笑，說：「不必了，一會兒我還約了人，趕時間呢。至於我叫什麼，我跟傅主任不是一條道上的人，你還是不知道比較好。」

傅華笑笑說：「怎麼這麼客氣呢，上一次你幫了我，我還沒好好謝謝你呢，一塊聊聊嘛。」

這時紅燈換成了綠燈，停在傅華車後的車子不耐煩了，拼命在按喇叭催前面的車子快走，小田指了指前面，說：「換燈了，你還是趕緊去開車吧，不然就會挨罵了。」

傅華卻不想放走小田，他一定要知道這傢伙究竟是誰，他高度懷疑這人與吳雯的死有關，便說：「別管他們，等不及了他們就會超車過去的。」

前面的車子陸續超過傅華的車開走了，小田見有了空隙，也發動車子，衝著傅華笑了笑說：「不好意思啦，改日再見了。」

傅華沒辦法阻攔小田離開，只好在後面拿出筆，在手上記下了小田的車牌，這才走回了自己的車裡。

金達問傅華說：「什麼人啊？你認識嗎？」

傅華說：「算是認識吧。」便發動了車子，帶金達回了駐京辦。

借刀殺人

小田決定揭發劉康，不過他不想自己出面，
想借刀殺人，讓傅華去揭發劉康和徐止。
他要把視頻賣給傅華，這樣他就可以拿到一筆錢遠走高飛，
而劉康則需要面對牢獄之災，
到時候他就是想對付自己，怕也是力不從心了。

到了辦公室，金達對路上發生這件被跟蹤的事情很感興趣，便追問道：「誒，那部黑色的車子究竟是怎麼回事啊？」

傅華知道這件事一兩句話說不清楚，並且，他也不想把金達扯進這個漩渦中，便笑笑說：「沒什麼，一個以前的朋友開玩笑呢。繼續說說你的海洋經濟吧，海洋經濟，東海省提了有一段時間了，已經有很多成型的觀點，不知道你的思考中有沒有新的東西？」

金達說：「傅華，看來你很留意東海省的經濟發展啊，你做這個駐京辦主任確實太可惜了。」

傅華笑說：「這個問題我們以前已經談過了，還是說說你的海洋經濟吧。」

金達說：「我的設想是把海川建設成一個以臨港、涉海、海洋產業發達為特徵，以科學開發海洋資源與保護生態環境為導向，以區域優勢產業為特色，以經濟、文化、社會、生態協調發展為前提，具有較強綜合競爭力的經濟功能區，而不是一個簡單的海洋產業。」

傅華點點頭說：「金副市長果然很有戰略眼光，這個觀點很有獨創性，提出來肯定很吸引人。」

金達笑說：「你別拍我的馬屁了，我這也是參考國際上的一些做法而已。目前，美國把海洋作爲地球上最後的開闢疆域，未來五十年發展重心從外太空轉向海洋，搶佔藍色發展制高點；俄羅斯強調恢復海洋強國地位，倚靠科技打造海洋軍事和航運強國；日本全面推進海洋強國戰略，另外，加拿大、歐盟、越南、印度、韓國等國家也紛紛推出雄心勃勃的海洋發展戰略。海洋已成爲全球新一輪競爭發展的前沿陣地，他們管這叫藍色經濟……」

知識理論是金達的長處，因此談起來引經據典，什麼國際國內，說得興致勃勃，神采飛揚。

傅華聽了說：「對啊，發展海洋經濟確實很適合海川，海川市是海洋大市，海岸線長，擁有多處海灣，近海島嶼眾多，海洋面積大，與陸地面積大致相當；同時海川市擁有雄厚的海洋科研力量。因此，發揮海川的海洋科技優勢，借開發藍色經濟區之機，足可以承擔起帶動東海省的重任。」

金達興奮地說：「我就知道你會贊同我的意見的。往更遠來看，我們海川發展起來了，可以進一步擴大帶動整個東北亞區域國家之間的高科技合作，形成一個發展的高峰。」

傅華笑說：「還是金副市長看得深遠，不愧是省裏下來的，你這個思路都可以作爲東海省海洋經濟發展的整體思路了。」

聽傅華說到他不愧是省裏下來的，本來神采飛揚的金達臉色黯淡了下來，苦笑了一下，說：「說這些有什麼用，我不過是被人排擠出來的，說這麼多也沒人聽啊？」

傅華笑了，說：「誒，金副市長，你不會是在轉著彎罵我不是人吧？我這不是在聽嗎？」

金達也笑了，說：「我只不過發發牢騷而已，沒想到把你給牽進去了。我是說，我這些觀點雖然不錯，可是海川市的領導們一定不會聽的。」

傅華搖搖頭說：「我倒不覺得，張書記對海川的經濟發展也很上心，你這個觀點，我想他一定會接受的。」

金達說：「張書記就算接受我的海洋經濟觀點，要實施還是需要通過徐正，我覺得張書記在這方面是很難說服徐正的，他在徐正面前有點軟弱，尤其是這個觀點還是我提出來的。」

傅華也覺得張琳個性軟弱了點，不過他並不想在金達面前否定上司，便笑了笑說：

「張書記那是比較尊重徐正市長，倒不是軟弱，我覺得不要去管徐正接不接受，你讓張書記瞭解你的觀點就好了，我想只要他贊同，這又對海川經濟發展有利，他就會想辦法去推動實施的。再說，你也可以把這個觀點跟省裏彙報一下，我想省裏一定會重視這一觀點的。」

金達聽了說：「這倒是，我想郭奎書記看到這個想法一定會很高興的。等我回去把這個觀點整理一下，打成報告，到時候給郭奎書記看。誒，傅華，等我報告寫好之後，你可要幫我提點修改意見啊。」

傅華笑說：「金副市長，你還真看得起我啊？」

金達說：「你別謙虛了，我一談海洋經濟，你就把海川市的狀況說得一清二楚，如數家珍，我相信你不是關心海川的經濟發展，絕對做不到這一點。到時候給我點參考意見，也好讓我的報告更成熟一點。」

傅華笑笑說：「既然你這麼說，那我先提一點我的看法好了。」

金達說：「這就對了，說吧，我洗耳恭聽。」

傅華說：「我們剛才所談的內容偏重於理論，這在你原來省裏的位置上這麼說是沒問題的，但現在你是在副市長的位置上，恐怕就不夠了。」

金達愣了一下，說：「怎麼說？」

傅華分析說：「你原來在省裏是做理論研究的，現在做副市長卻是偏重於實行，因此我覺得你這份報告在注重理論的同時，也應該多提出一些可以付諸實施的具體措施，以呼應你目前這個副市長的身分。」

金達聽了，說：「你說的很有道理，我會認真思考這方面的問題的，確實是如何付諸實施才是問題的關鍵啊。」

兩人越說越投機，這個話題一直聊到中午，金達看到了中午，有些歉意的說：「不好意思啊，讓你犧牲週末的時間陪我。」

傅華說：「這在駐京辦是常態，我們做接待工作的，哪裏有什麼週末啊。」

金達笑笑說：「你可以這麼想，可是你的妻子不一定這麼想，誒，我來北京這麼長時間，你還沒帶太太給我見見呢，正好今天把她叫出來，我請她吃飯吧。」

傅華覺得跟金達很投緣，認爲這個人是可以作爲朋友深交的，便打電話給趙婷，讓趙婷來駐京辦跟金達一起吃飯。

金達見到趙婷，跟趙婷握手問了好，轉頭對傅華說：「我說呢，爲什麼你非要留在北京，原來有這麼漂亮的夫人在北京啊。」

傅華笑說：「金副市長太誇獎了。」

三人就下去海川大廈的餐廳吃飯，金達也是直爽的性格，跟趙婷自然是相處融洽，這頓飯三人吃得都很盡興。

飯後，傅華送金達回黨校，趙婷就去逛街了。一路上，傅華很留意身後的車輛，卻再也沒看到那輛黑色的轎車。

將金達送回黨校後，傅華打電話給一個車管所的朋友，讓他幫自己查一下他記下那個車號的車主是誰，看有沒有辦法可以聯繫上車主。

過了一會兒，車管所的朋友給傅華回了電話，把查到的情況告訴傅華，說車主姓田，傅華就撥通了車主的電話。

電話響了幾聲，接通了，一個男人的聲音說：「誰啊？」

傅華聽得出來這正是那個男青年的聲音，便說：「田先生嗎？我傅華，海川駐京辦的，你應該知道我吧？」

小田愣了一下，他沒想到傅華會打電話來，說：「你怎麼會有我的電話？」

傅華笑了笑說：「我查了你車子的登記資料，就知道了。」

小田說：「你竟然調查我？你究竟想幹什麼？」

傅華說：「沒什麼，就是想跟你聊一下，有些情況想瞭解瞭解。」

小田心知傅華想聊什麼，他肯定是想瞭解吳雯的事，吳雯就是他殺的，他又怎麼肯跟傅華聊呢，便說：「我現在忙得很，沒工夫伺候你。」

傅華不死心，說：「那你什麼時間有空，打電話給我，我們再好好聊聊。」

小田說：「我沒心思跟你聊什麼，你別再打電話來了。」

傅華說：「不是，田先生，我只想瞭解一些情況，你可不可以告訴我吳雯……」

還沒等傅華說清楚要問什麼，小田就匡地扣了電話，傅華只聽到嘟嘟的掛線聲。

傅華不甘心，又撥了過去，這一次小田索性關機了。

小田這個樣子，讓傅華越發懷疑他跟吳雯的死一定有關係，就算不是他殺的，起碼他一定是知情者。因此傅華越發想要瞭解清楚小田究竟知道些什麼。

傅華尋線找到了小田的住處，敲了門。

小田在貓眼中看到是傅華，不禁暗罵這傢伙纏人，不過他也不怕傅華，便打開門說：「姓傅的，你有完沒完，我跟你講，我什麼都不知道，別再來找我了，否則我可要對你不客氣了。」

傅華陪笑著說：「田先生，你就跟我聊聊嘛，我很想瞭解一下吳雯的情況。」

小田說：「聊什麼，跟你說我不知道。」說完，就關上了門。

傅華不甘心就這樣毫無所獲，再次敲響了門。

小田耐不住他一再敲門，再次開了門，衝著傅華喊道：「我跟你講，趕緊給我滾蛋，你再敲門我就報警了。」

傅華說：「田先生，我就耽擱你幾分鐘時間……」

沒等傅華說完，小田再次把門狠狠扣死了。

傅華伸手想要再去敲門，猶豫了一下，心知就算敲開了小田的門，他也不會跟自己說些什麼的，只好放棄了。

上了車，傅華想，這樣下去也不是辦法，要怎麼才能讓小田開口呢？傅華想了想，既然小田不肯跟自己談，警察找他總會說了吧，於是他發動車子來到了刑警隊，找到了張警官。

「張警官，你不是說，如果我發現什麼有關吳雯被殺的線索就跟你反映嗎？」傅華說。

張警官正在爲吳雯的案子一點頭緒都沒有發愁呢，上面一直在追這個案子，讓他十分頭疼，聽傅華說有了線索，不禁眼前一亮，問道：「是啊，你發現什麼了嗎？」

傅華說：「是啊，我碰到了一個人，這個人是吳雯的一個朋友，而且跟劉康關係密切，我懷疑這個人與吳雯被殺一案有莫大的關係。」

傅華就把小田的情況跟張警官說了，張警官記下了小田的地址和聯繫電話，說：「行，我會去詢問一下這個人的。」

張警官就找到了小田，詢問他跟吳雯之間的關係，小田心中暗罵傅華多事。不過他在社會上混了也不止一天了，早就有一套應對之策，他知道自己不能否認認識吳雯，這種情況下，越是否認越是讓人懷疑，索性人方承認認識吳雯；至於怎麼認識的，他說自己是爲康盛集團工作，而康盛集團的董事長劉康是吳雯的乾爹，因此在一些工作當中會接觸到，就這麼認識了。

張警官又詢問了小田在吳雯被殺的那一天在做什麼，小田對此早就做了準備，舉出了幾個證人，證明自己當晚在酒吧喝酒。

張警官見小田一點漏洞都沒有，未免有些失望，看來這是條沒用的線索，便說：「我會按你說的這幾個人，認真核實你說的真實性。」

小田早就跟這幾個人打好了招呼，因此並不擔心，笑著說：「這是事實，你儘管核實好了。」

張警官就離開，去找小田所說的那幾個朋友調查了一下，果然，那幾個朋友跟小田說的話是一樣的，他就把這條線索放下了。

海川，劉康接到北京警方一個朋友的電話，問他是否認識一個姓田的人？

劉康馬上想到了小田，心中一驚，不會是小田出事了吧？趕忙問道：「怎麼了？出了什麼事？」

朋友說傅華向警方提供了小田的情況，刑警調查小田，得知小田是康盛集團的員工，跟吳雯認識。

劉康心中暗自詫異，小田被調查了，他爲什麼不跟自己說一聲？再是，警方究竟掌握了小田的什麼情況，不會是懷疑小田跟吳雯被殺一案有關吧？

　　饒是劉康久經沙場，心中也有七上八下的感覺，他說：「這個小田我倒是認識，是我手下一個員工，但我跟他並不是很熟，怎麼，你們查出什麼問題了嗎？」

　　朋友說：「那倒沒有，警方只是懷疑他，不過這個傢伙有不在現場的證據，已經排除嫌疑了。」

　　劉康暗自鬆了一口氣，小田被排除嫌疑，說明危險暫時過去了，便說：「你們警方查了這麼久，究竟查出了什麼沒有？」

　　朋友說：「這個案子很複雜，到目前爲止，還沒找到什麼有用的線索，案子陷入膠著。本來這一次找到小田，以爲是找到了一個突破口，結果還是空歡喜一場。」

　　劉康假裝不高興的說：「你們也是的，我乾女兒被害了這麼長時間啦，怎麼還一點線索都沒有？這叫我這個做乾爹的情何以堪？是不是你們沒認真查啊？要不要我用懸賞提高一下你們的積極度？」

　　朋友委屈地說：「劉董你別這麼說，你錯怪我們了。我們現在也有很大的壓力，上面每天都在催這個案子，我們也想早一點破案的。」

　　劉康說：「你跟刑警隊的同志們說，誰能破了這個案子，我劉康個人獎勵他十萬塊，我這個人向來說到做到，你是知道的。」

朋友說：「好了，我會催他們加把勁的。」

朋友掛了電話，劉康立馬打電話給小田。

小田接了電話，劉康怕小田的手機被監聽了，就說：「你用公用電話打給我。」

小田愣了一下，說：「劉董，出什麼事了？」

劉康說：「叫你去找你就趕緊去找。」

過了十幾分鐘之後，小田打了過來。

劉康問道：「警察找你了？」

小田說：「是啊，不過，劉董你放心，他們在我這兒查不到什麼的。」

劉康說：「我知道他們沒查到什麼，可是你爲什麼不跟我說這件事？你又是怎麼被傅華發現的？」

小田說：「劉董你都知道了啊？我不跟你說，是因爲我覺得警察這邊沒什麼問題的，至於傅華爲什麼會發現我，是因爲你交代我去跟蹤他，沒想到這傢伙很機警，被他知道我在後面跟蹤他，直接找我來質問。」

劉康問：「他不是不知道你的身分嗎？又怎麼會知道你的詳細資料的？」

小田說：「他記下了我的車號，查了車主資料。」

劉康不滿地說：「你怎麼也不做做掩飾，竟然開自己的車去跟蹤傅華，就這樣暴露在傅華面前？你以前的本事哪去了？」

小田低聲說：「對不起啊，劉董，這是個意外。」

劉康罵道：「你笨就說你笨，說什麼意外？」

小田說：「是，是，我笨。劉董，那我下一步怎麼辦？還要跟著傅華嗎？」

劉康說：「你跟個屁啊，人家都知道你了，難道你想讓他再次抓到你嗎？你現在已經被警察注意到了，你就老老實實在家待著吧。我警告你啊，在這段時間內，你不准去做什麼烏七八糟的事情，知道嗎？」

小田說：「好好，不過劉董，我手頭又沒錢了，如果只是在家待著，可就沒飯吃了。」

劉康驚詫的說：「你怎麼又沒錢了，我前段時間不是匯給你一筆錢了嗎？」

小田說：「都花完了。」

劉康說：「你花得也太快了吧？」

小田不好意思說：「前天手癢，跟人賭了幾把，都輸了。」

劉康氣說：「你這傢伙花我的錢不心疼是吧？」

小田笑笑說：「劉董啊，給我這點小錢對您來說還不是九牛一毛？」

劉康不滿地說：「我的錢也是辛苦賺來的，你老是這麼花，我也供不起。」

小田說：「您要是不給我錢，那我只有自己想辦法去賺了，只是惹出了事，您可別怪我。」

劉康想想，如果不給小田這筆錢，萬一他真的出去跟那些黑社會上的人亂混，說不定拖泥帶水就會將自己牽扯出來，只好答應道：「好啦，我再匯一筆錢給你，這一次你給我省著點花。」

小田笑說：「那謝謝劉董了。」

劉康聽出小田語氣中有一絲得意，知道這傢伙對又可以拿自己的錢花上一陣子而得意，心中十分生氣，匡的一下扣了電話。

扣了電話的劉康坐在那裏生悶氣，最近是怎麼了，三天兩頭的出問題？

劉康是一個很精打細算的人，事情不算到每一個細處他是不肯去做的，可是最近，先是吳雯被小田失手殺害，然後又是被銷毀的錄影視頻重現，現在就連小田都被傅華發現，接二連三的出紕漏，究竟是哪裡出問題了？

還有這個小田，利用吳雯被殺的事不斷地向自己要錢，簡直把自己當成了財神爺，這個無底洞也不知道什麼時間才能被填滿啊？

等等，劉康腦海忽然靈光一閃，對啊，自己怎麼就忽視了小田了呢？

就吳雯被殺這件事來說，按說本來應該是傅華最想找自己的麻煩，可是傅華雖然動作不斷，卻無法拿出關鍵性的證據來，因此徐正手上出現的視頻，就不可能是在傅華手裏；傅華也不能從中得到什麼利益。唯一能從視頻中得到利益的人，目前來看好像就是小田啊。

同時，小田是唯一一個能接觸到視頻，又能把視頻保留下來的人，當初是他在吳雯家裏拿出視頻的，只有小田手裏可能留有視頻的備份。而且小田也最熟悉吳雯，是做這件事的最大嫌疑犯。

劉康想到這裏，驚出一身冷汗，想不到自己身邊養了這麼一條狼啊。

小田與吳雯不同，吳雯接觸的都是自己正當的業務，對臺面下的事情只知道一點皮毛，小田卻是專門爲自己收拾攤子的，臺面下的事他知道的可不止一點，隨便拿出點什麼來都能置自己於死地的。這可要怎麼辦啊？

這時，劉康的電話響了起來，看看是徐正的號碼，趕忙接通了，說：「徐市長，有什麼事情嗎？」

徐正問：「劉董啊，你查到視頻是誰寄的了嗎？」

徐正經過王畚的施法後，晚上果然沒再做與吳雯有關的夢，可是有這麼一個視頻在，對他來說如鯁在喉，必欲除之而後快，否則永遠無法安心。

劉康遲疑了一會兒，思索著要如何跟徐正說這件事情，要不要如實跟他講呢？

徐正見劉康不說話，便說：「是不是你心中有懷疑對象了？」

「是的，我發現當初辦這件事情的那個手下很有問題。」劉康回答。

徐正急說：「劉董，弄了半天是你手下的人出了問題，你能不能事情辦漂亮點兒，怎麼老是拖泥帶水的，竟然被自己的手下擺了一道?!」

劉康說：「我也是剛剛才猜到的，你放心，我會處理的。」

徐正不相信地說：「你怎麼處理？不會過幾天我又收到一份視頻了吧？」

劉康保證道：「這次一定不會了。」

徐正說：「劉康啊，我對你做事的手法還真是懷疑，怎麼老出紕漏呢？你可想清楚，再出問題，我們可是要去坐牢的。」

劉康說：「你放心，我這次親自出馬對付這個叛徒。」

徐正說：「大丈夫當斷則斷，我希望你這一次不要再留什麼後患了。」

劉康說：「好的，我知道了，我馬上就回北京一趟。」

徐正說：「那你趕緊去吧。」

北京，小田接到了劉康匯到卡上的錢，很是高興，他在家裏悶了好幾天了，就決定去夜總會好好玩一玩。

在夜總會，小田約了幾個平常在一起玩的朋友鬧了半天酒，最後帶了一名小姐回家。

到了家裏，一關上門，小田就把小姐推到門上，一邊親吻著小姐，一邊上下其手，在小姐峻峰丘壑之間流竄，小姐哼哼唧唧，很配合的纏在小田身上。

小田正玩得忘我，忽然感覺脖子一涼，一把鋒利的刀子從身後架在了他的脖子上，一個森冷的聲音說：「小田啊，你挺會享受的嘛！」

小田原本嚇得七魂出竅，不過聽出這個聲音是劉康，就鬆了口氣，笑著說：「劉董啊，別開這種玩笑，您怎麼回北京了？」

劉康笑了笑說：「我回來看看你這個兔崽子在北京都幹了些什麼，說吧，你把拷貝的視頻都放在哪裡了？」

小田聽劉康這麼說，急道：「劉董，你別冤枉我，我怎麼敢跟你玩花樣呢，我沒有複製那份視頻。」

劉康笑了起來，說：「你都敢敲我的竹槓啦，又有什麼不敢做的！說吧，到底藏在哪裡？說出來，我饒你一條小命。」

小田哀求說：「劉董，你真的冤枉我了，我沒有啊。」

劉康說：「給我搜身。」便有兩條大漢上來按住了小田，一名大漢過去控制住小田帶回來的女人，兩名大漢在小田身上都搜遍了，什麼也沒搜到。

小田看劉康帶的這兩名大漢他從來沒見過，便知道這劉康今天是做了充分準備來的，心裏暗罵劉康是老狐狸，一方面匯錢給自己，另一方面卻找人來埋伏。

兩名大漢搜完，衝著劉康搖了搖頭，劉康走過來，伸手抬起了小田的頭，笑笑說：「小田啊，你也跟了我這麼久，應該知道我的手段，放聰明點，早點說出來把東西藏在哪裡，大家還是朋友；否則的話，就別怪我劉某人不念舊情了。」

小田堅持說：「劉董，你真是誤會我了，我雖然跟您要了點小錢花花，可真是沒有敢複製那份視頻啊。」

劉康笑了，說：「如果你沒複製，又怎麼會有新的視頻流出來？你不是告訴我把視頻都給我了嗎？」

小田說：「那可能是傅華那邊流出來的。」

劉康笑了，說：「你當我傻瓜啊，傅華如果有這個視頻，我就不會在這裏跟你說話了。好，既然你敬酒不吃吃罰酒，那我就要叫朋友好好伺候你了。」

小田知道今天絕對不會好受了，他跟了劉康這麼多年，也曾經按照劉康的吩咐這麼伺候過別人，看來今天這個局面是不能善了了。

小田掃視了一下四周，迅速地判斷了一下形勢，趁抓住他的兩名大漢並沒有十分警覺，猛地一回肘，狠狠地擊中了抓住他右臂的大漢的肚子。大漢肚子受痛不過，本能的縮手捂著肚子，就放開了小田的右臂。

小田右臂得到了放鬆，一揮拳就擊中了抓住他左臂的大漢的下巴，趁機把左臂掙脫了出來。

小田是受過專門訓練的人，這一切一氣呵成，乾淨俐落，一點多餘的動作都沒有，身後那名抓住小田帶回來的女孩的大漢還沒有來得及反應，小田就已經轉過身去，一把抓住了他的頭，狠狠地撞向了牆壁，他眼前一陣金星，暈倒在地。

小田顧不得其他，立馬一把撥開呆在那裏的女孩，打開門就衝了出去。

劉康眼見小田跑掉，氣壞了，他踹了一腳還在抱著肚子叫痛的大漢，叫道：「你們這群笨蛋，還不趕緊給我追？」

兩名大漢反應了過來，忍著痛也衝了出去追小田。

到了樓下，尚能看到小田的背影，便跟著追了下去，可這裏是小田的家，他對地形十分熟悉，佔主場優勢，兩名大漢追出去沒多久，就被小田七拐八拐跑掉了。

兩名大漢沒辦法，只好垂頭喪氣的空手回到小田的家。

這時，那名倒在地上的大漢已經被劉康弄醒了，那名女孩子躲在角落裏瑟瑟發抖，一個勁地說：「不關我的事啊，不關我的事啊。」

兩名大漢跟劉康報告：「劉董，對不起，追丟了。」

劉康氣得上去各賞了兩人一個耳光，他知道小田這一跑更難抓回來了，便罵道：「笨蛋，三個大漢都弄不住一個，真是廢物。」

兩名大漢低著頭說：「對不起，劉董。」

劉康看了看房間，這裏他已經翻了一個遍，可就是沒找到光碟，再留在這裏也沒什麼用，便走過去踹了那個女孩子一腳，說：「今天放過你一馬，我警告你啊，不准報警，一旦被我知道你報了警，我會派人殺了你的。」

女孩子連連點頭：「您放心吧，我什麼都沒看到，絕對不會報警的。」

劉康說：「那還不快滾？」

女孩子連忙轉身奔向門口，頭也不回地跑掉了。

劉康又指著一名大漢說：「你留在附近監視，如果看到小田回來，馬上彙報。」

大漢點點頭，說：「好的。」

劉康說：「你可給我機靈點，別讓人發現，知道嗎？」

「知道了，劉董。」大漢忙說。

劉康衝著另兩名大漢說：「走。」就帶著兩名大漢離開了。

小田衝進了夜色中，絲毫不敢耽擱，一個勁往胡同裏鑽，直到衝出了很遠，確信身後沒人跟著，這才停了下來。

停下來的小田並沒有鬆一口氣，現在他被劉康懷疑，這對他來說是一件十分嚴重的事情。雖然劉康這次沒抓到自己，但他一定不會善罷甘休的。

小田是知道劉康的能力的，尤其是在黑社會中，劉康在北京算是一個舉足輕重的人物，小田相信，劉康馬上就會在道上懸賞緝拿他，因此不敢去找平日那些玩得很好的朋友，他知道那些大多是酒肉朋友，沒有什麼道義，如果去找他們，說不定反而會被出賣。

現在他第一個念頭就是想辦法趕緊離開北京，只有離開北京，才能脫離劉康的眼線範圍，也才能安全。他身上還有卡，卡裏有劉康剛匯進來的幾萬塊，多少還可以撐一段時間。

可是轉念一想，小田又覺得不甘心，自己跟了劉康這麼多年，什麼都沒賺到不說，還要流亡江湖，這怎麼能讓人甘心呢？

媽的！劉康自己吃香喝辣，玩美女，坐好車，這一切還不都是這幫弟兄幫他打下來的天下嗎？今天他竟然翻臉無情，轉過頭來對付自己，簡直是忘恩負義。

再說，劉康既然對自己動了疑心，那走遍天涯海角他也會想辦法抓到自己的。因爲小田是知道那份視頻的內容的，劉康絕對不會放任這樣一份視頻還流落在外。

小田這時候很慶幸自己當初把視頻拷貝了一份，他當時並沒有想用這個視頻來要脅劉康，只是單純的想多留一份，想也許將來會用得到。

他跟這劉康平時過著刀口舔血的日子，所做的事都是些見不得人的勾當，他也害怕有一天劉康會像對付吳雯一樣對付自己，多拷貝一份，也防止劉康有一天會對自己不利，算是有備無患吧。

沒想到後來劉康似乎有遷怒自己殺了吳雯的意思，自己想要點錢花花他都不是很情願，小田就想嚇唬嚇唬劉康，所以才故意將視頻寄給了徐正。他相信徐正收到視頻肯定會找劉康商量，劉康一定會找自己來調查這件事情，到時候就可以趁機跟劉康多敲一點竹槓了。

只是小田沒想到的是，他玩得有點過火了，竟然被劉康識破了其中的奧妙，把懷疑目標對準了他身上，甚至埋伏在自己家裏，想要趁自己不備對付自己。幸好自己早有準備，沒有把視頻光碟放在家中，而是藏在了別的地方。

這下子要怎麼辦呢？直接揭發劉康？可是吳雯是自己殺的，揭發劉康就等於揭發了自己，這顯然不合適。

可是不揭發劉康，自己以後的日子就必須時時刻刻提防劉康，小田害怕就像今天這個樣子，劉康突然出現在身邊。

今天是劉康帶來的人太輕視自己，這才讓自己有機會僥倖逃脫，小田相信下一次劉康肯定會加強防範，一定不會再給他逃脫機會的。

到底要怎麼辦呢？想來想去，小田還是決定揭發劉康，不過他不想自己出面，想借刀殺人，讓傅華出面去揭發劉康和徐正。他要把視頻光碟賣給傅華，這樣，他就可以又拿到一筆錢遠走高飛，而劉康則需要面對牢獄之災，到時候他就是想對付自己，怕也是力不從心了。再說劉康年紀也不小了，這一次進去，說不定就沒機會出來了。

打定主意，小田就先去一家二十四小時營業的洗浴中心過夜。他不敢去賓館酒店登記住宿，怕被劉康查到，因此只能在這種不需要證件的地方熬上一晚再說。

第二天一早，小田就打電話給傅華。

傅華接到電話十分高興，說：「田先生，你可以跟我談一下了嗎？」

小田說：「談是可以談了，不過，不是你想的那種談法，我知道你很想將殺害吳雯的凶手繩之以法，這個我可以幫你，不過，需要你付出一點代價。」

傅華說：「那你要怎麼幫我？」

小田說：「我手裏掌握了一份證據，可以證明劉康的犯罪行爲，這個我可以提供給你。」

傅華驚喜的說：「是劉康殺害吳雯的證據嗎？」

小田說：「不是直接證據，但是這份視頻足可證實劉康的犯罪行爲，劉康就是因爲這份證據才對吳雯下了殺手的。」

傅華說：「那也很不錯了，謝謝你了，你什麼時間可以把證據給我？」

小田說：「你別急啊，你忘了我還說過你必須付出一點代價來，我才會給你的。」

傅華說：「這好說，你想要什麼？」

小田說：「二十萬的現金，一分不能少。」

二十萬對傅華來說並不是什麼大問題，他立刻說：「可以，不過你必須先給我看一下你說的證據內容，我不能光憑你說幾句話就把二十萬給你。」

小田爽快說：「可以，我們在什麼地方見一下面吧。」

兩人就約在了海川大廈附近的一間咖啡屋見面，傅華跟林東說了一聲，就匆忙趕去了咖啡屋，點了一杯咖啡等著小田。

過了好長一段時間，傅華一直沒看到小田，便打電話給小田，說：「你在哪裡啊？我已經到了很久了。」

小田笑笑說：「我看到你了，馬上就過去。」

原來小田也早就到了，他害怕有人跟蹤傅華，就先躲在一旁觀察，確信沒什麼危險了，這才露面。

過了一會兒，一個戴著鴨舌帽、帽沿壓得很低的男子走進了咖啡屋，走到了傅華對面坐下。

傅華看到小田這副打扮，笑說：「我差一點沒認出來是你。」

小田說：「你不知道劉康的厲害，我很害怕他來對付我。」

傅華問：「你把證據帶來了嗎？」

小田把隨身帶著的筆電打開，將螢幕轉向傅華，說：「這是我截取的視頻片段，你可以看一下。」

傅華一眼就看到徐正穿著睡衣躺在床上，身邊那個也穿著睡衣的女人是吳雯，徐正正說著給劉康新機場項目的貸款已經弄好這麼長時間了，他怎麼一點表示都沒有啊？吳雯說會提醒一下劉康，讓劉康趕緊把答應給徐正的回扣送過去。

傅華恍然大悟，原來吳雯當初所說的「必要的準備」，就是指她給徐正錄了視頻這件事，這個視頻果然非同小可，如果曝光，徐正和劉康就等著去坐牢吧，劉康還真是可能因爲這個殺人滅口的。

這時，小田合上了筆電，笑笑說：「傅主任，你覺得這份視頻可值得我開的價錢？」

傅華點了點頭，他認爲這個視頻肯定能揭露劉康和徐正之間的行賄事實，連帶著也一定會將吳雯被殺的案子一起破了，他並不知道凶手實際上就在自己面前。

傅華說：「值得，你什麼時候可以把全部視頻給我？」

小田說：「那要看你什麼時候可以把二十萬給我。」

傅華說：「我馬上去安排，明天就可以。」

小田說：「好，你先把錢準備好，回頭我會電話通知你到什麼地方去交換。我提醒你啊，你不要事先通知警方，一旦我發現周圍有警察，那我們的交易就作罷。」

傅華說：「你放心吧，我不會通知警方的。」

小田又交代說：「還有，你要注意不要被什麼人跟上了，劉康現在在到處找這份視頻，一旦你被他盯上了，你也知道他的，怕你我都沒好果子吃。」

傅華點了點頭，說：「我會小心的。」

小田就拿起筆電，四下打量了一下，確信周圍沒什麼可疑的人，就迅速的離開了。

傅華買了單，開始找銀行領錢，由於大額取款需要預約，傅華是臨時起意要提錢，不得不多跑了幾個銀行才取足了二十萬。

傅華不知道的是，他的一舉一動都在劉康眼線的注視之下。

劉康知道那份視頻絕對不能留在小田的手裏，特別是小田知道的事情太多了，他必須趕緊抓到他，把他除掉。因此，只要是涉及到小田或者那份視頻的人，他都派了人加以監視。

傅華這裏是一個重點關注的地方，劉康知道傅華還在追查吳雯被殺的凶手，小田現在不可能從自己這邊敲詐錢了，因此小田如果想把視頻賣出去，傅華便是一個很有可能的買主。

眼線將傅華取錢的情況彙報給劉康，劉康判斷傅華突然這麼急著用錢，肯定是小田聯繫上了他，要將視頻賣給他，便要眼線繼續監視著，暫時不要驚動他，傅華有什麼舉動立即報告。

第二天，傅華接到了小田的電話，讓傅華帶著錢到北京西郊的九龍山見面，傅華趕忙帶著錢，開車就往九龍山趕。

路上，傅華時不時看著後視鏡，看有沒有什麼車一直跟著自己，後面一切正常，沒什麼車是刻意跟著他的。

上了九龍路，兩邊的建築開始減少，漸漸有郊區的味道了。

到了預定的地點，傅華看看四周，這裏是在山路上，一面是山體，一面是山溝，不知小田藏身在哪裡？

傅華就撥打了電話，說：「我到了，你在哪裡啊？」

小田笑說：「我也到了。」說完，就從山上一塊大石頭後面閃了出來。

小田上了車，把一張光碟遞給了傅華，傅華打開他隨身帶來的筆電，檢查了一下，確定是昨天小田給自己看的那個視頻，這才將包著二十萬的紙包遞給小田，說：「你數數。」

小田把錢接過去，說：「謝謝傅主任了。」便打開紙包點了一下錢數，確認是二十萬無誤，就準備要將錢包起來。

這時，傅華從後視鏡裏看見後面上來一輛拉著大型建築垃圾的土頭車，在山區出現這樣一輛垃圾車並不令人驚訝，他並沒有在意，轉過頭來看了看小田，說：「可以了吧？」

小田的注意力都在錢上，根本沒注意車後上來的土頭車，他三下兩下將錢包好了，笑著說：「不錯，再次感謝了，我走了。」

說完，小田打開車門，一隻腳邁出去就要下車。這時，那輛土頭車開到了傅華車子的側旁，只見司機猛地一打方向盤，便直接衝著傅華的轎車撞過來，一下子就將傅華的轎車撞下了公路，傅華的轎車翻滾著跌進了山溝裏。

傅華猝不及防，身子在轎車內跟著車子不斷翻滾著，腦袋重重撞到了車上，眼前一黑，便失去了知覺。

轎車滾到了溝底，停了下來。

土頭車上跳下來兩名大漢，直接跟著車子衝下山溝，來到轎車前，見傅華和小田都已經人事不知了，兩人絲毫沒停頓，立即翻了翻小田和傅華身上。

很快，找到了筆電和那包錢，又把車內所有地方都翻了一遍，確信沒有任何其他東西了，又試了一下傅華和小田的鼻息，兩人都是進氣多出氣少，眼見是很難活了，這才拿著筆電和錢回到了公路上，開著車揚長而去。

山路上冷冷清清，沒有一輛車經過，只有呼嘯的風冷冷的看著這一切。

請續看《官商鬥法》十一　生死關頭

官商鬥法 十 圖窮匕現

作者：姜遠方
發行人：陳曉林
出版所：風雲時代出版股份有限公司
地址：105台北市民生東路五段178號7樓之3
風雲書網：http://www.eastbooks.com.tw
官方部落格：http://eastbooks.pixnet.net/blog
Facebook：http://www.facebook.com/h7560949
信箱：h7560949@ms15.hinet.net
郵撥帳號：12043291
服務專線：(02)27560949
傳真專線：(02)27653799
執行主編：朱墨菲
美術編輯：風雲時代編輯小組

法律顧問：永然法律事務所 李永然律師
北辰著作權事務所 蕭雄淋律師

版權授權：蔡雷平
初版日期：2015年9月
初版二刷：2015年9月20日
ISBN：978-986-352-154-9

總 經 銷：成信文化事業股份有限公司
地　址：新北市新店區中正路四維巷二弄2號4樓
電　話：(02)2219-2080

行政院新聞局局版台業字第3595號 營利事業統一編號22759935

定價：280元　　特惠價：199元

國家圖書館出版品預行編目資料

官商鬥法／姜遠方 著. -- 初版. -- 臺北市：
風雲時代，2015.01 -- 冊；公分

ISBN 978-986-352-154-9（第10冊；平裝）

857.7　　103027825